JN059798

婚約破棄された崖っぷち令嬢ですが、私を押し付けられた公爵閣下の溺愛が始まりました

月宮アリス

Illustration
池上紗京

gabriella books

婚約破棄された崖っぷち令嬢ですが、私を押し付けられた公爵閣下の溺愛が始まりました

contents

序章　ルーリエと婚約破棄

「ルーリエ・ミラジェス。今日を以《も》っておまえとの婚約を破棄する！」

（こ、婚約……破棄……？）

一方的に告げられた居丈高な婚約者の青年の声に、ルーリエは心の声で最重要部分を復唱した。

「ずっと寝たきりで回復する見込みのないおまえをいつまでも未来のシエンヌ王国国王たる僕の婚約者にはしておけないからな」

ルーリエの頭上から尊大な口調でさらに言葉が続けられる。

（それは……確かにその通りです。この一年半寝たきりで、いつ回復するかも分からないわたしでは殿下をお支えすることができませんもの……）

ここは、謹《つつし》んで受け入れますと伝える場面なのだろうが、前述の通り現在寝台の上で寝たきりのルーリエは、この数か月声を出すことも叶《かな》わぬほど弱り切っていた。

（まともに返事もできなくて、申し訳ございません）

ルーリエは心の中で謝罪をした。

突然寝室の扉の開閉音が聞こえたのは数分前のことだった。

シエンヌ王国王太子であられるイグレン殿下の婚約者であるルーリエは、王都ラヴィレに建つ宮殿の一室に部屋を賜《たまわ》っている。行儀見習いとして宮殿に上がり数年過ごしたのちに病を発症して以来、ずっとこの部屋で養生を続けていたのだ。

イグレンがルーリエを見舞うことは、ここ最近は滅多《めった》になかった。

開閉音を耳が拾った時、侍女のクララが入って来たのかと思った。

それも束《つか》の間《ま》で、すぐに彼女の「お、王太子殿下⁉」という驚いた声に来訪者の正体を知った。

しかし、いかんせん身動き一つとれぬ身の上のため横たわっていることしかできなかった。

彼はルーリエが寝かされている寝台のすぐ傍らに佇《たたず》み、こちらを見下ろしながら件《くだん》の台詞《せりふ》を言い放った。

そのすぐ横には、ルーリエよりも濃い薔薇色《ばらいろ》の髪の少女が寄り添っている。一つ年下の従妹《いとこ》ビアンカだ。

寝たきりで体を動かすこと、声を発することはできないが目は見えている。

ルーリエは、イグレンがビアンカの肩に腕を回していることに気がついた。紳士淑女の距離にしては、近すぎやしないだろうか。

だがそれも、イグレンが発した次の言葉で、二人が今どのような関係なのか察することができた。

「おまえが寝たきりになって以降、王都に発生する瘴気《しょうき》、通称黒い霧の浄化はビアンカが行っているのだぞ。健気《けなげ》な彼女はおまえに代わり、民のために働いてくれている。おまえに与えられている光のいとし子という呼称に値する。僕は献身的なビアンカの頑張りに心が打たれた。彼女こそ、僕の妃《きさき》に相応《ふさわ》しいとな！」

「イグレン様、わたしは大したことはしていないのです。ミラジェス公爵家に生まれたわたしは、ルーリエと同じ強い浄化の力を持っています。それを少しでも殿下のお役に立てたくてお手伝いを始めただけですわ」

ビアンカが楚々《そそ》とした声で言い添えた。

するとイグレンの声から険しさが削ぎ落され、瞬時に甘やかなものになる。

「おまえは本当に素直で可愛《かわい》い。そういう愛らしいところに僕は惹《ひ》かれたんだ」

「殿下、嬉《うれ》しいです」

「ルーリエがこうなる以前、まだ子供だった頃、おまえはこの寝たきり娘にいじめられていたと聞いているぞ。性根が腐っているから原因不明の衰弱病にかかってしまうのだ。このごく潰しめ」

声を出せないため反論ができないが、いじめていた云々《うんぬん》は完全な濡《ぬ》れ衣《ぎぬ》である。

父の弟の娘であるビアンカとは幼少時、年に数度顔を合わせ一緒に遊ぶ仲だった。一人っ子だったルーリエは彼女と人形遊びをすることが大好きだった。

成長するにつれ勉強で忙しくなり、顔を合わせる頻度は減っていったが、ルーリエはビアンカに対して何の悪意も向けていない。

（ただ、ビアンカに黒い霧の浄化で負担をかけているのは事実だった……。時々お見舞いに来てくれ

た彼女が話してくれていたもの）

動けないルーリエの傍《かたわ》らで彼女は、いかに自分が頼りにされているかを饒舌《じょうぜつ》に語った。皆が褒めてくれる。役に立っている。ありがとうと言われるととても嬉しい。自信に溢《あふ》れる溌溂《はつらつ》とした声だった。

「僕はこんな役立たずの死にぞこないではなく、心根の優しいビアンカを妻にするのだと決めた。よってルーリエ、おまえは今日限りこの宮殿から出て行け！」

「そんな！」

非情な通告に悲鳴が上がった。クララだ。

ビアンカが顔を後方へ向け「あなた、そんな泣きそうな顔をしないで」と話しかけたあと、再び視線をルーリエに落とした。

「宮殿は何かと騒がしいでしょう？　殿下の婚約者から外されたのだから、これからはのんびり田舎で療養してきなさいって。そういう意味よ」

優しげな声で言い直したビアンカは「ね、殿下？」とイグレンに水を向ける。

「そうだぞ。役立たずなルーリエにも慈悲の心を示したんだ。僕は寛大な人間だからな」

ビアンカの言葉尻に合わせるようにイグレンが言い直した。今度は先ほどよりも言い回しが柔らかくなった。

確かに婚約者でなくなった娘がいつまでも宮殿に部屋を賜っているわけにはいかない。出て行くのが筋というものだ。

やはり実家であるミラジェス公爵家に戻ることになるのだろう。などと思いめぐらせている頭上で、さらにイグレンが口を開く。

「というわけでルーリエ、おまえのことはベルナール・ヴィレ・ハルディエル公爵に下げ渡すことにした。死にかけたおまえと、田舎の引きこもり公爵。ぴったりじゃないか」

イグレンが機嫌良く笑った。

（え……婚約破棄で終わりじゃない？）

ドクン、と心臓が大きく脈打つ。

予想を超えた提案に心拍数はさらに加速する。

数年前に父公爵が事故で亡くなったため、実家といっても今の公爵家はどこかよそよそしい場所になっていた。

爵位を継いだのは父の弟である叔父で、家の中は彼の妻、つまりは叔母が取り仕切っている。

それでも一度公爵家に戻り、改めて静養先（果たして回復するのかは謎だけれど）を探すのだとばかり思っていた。

「ベルナールの住まいは移動魔法の陣も開通していないようなド田舎だ。静かな余生を過ごせることだろう。この采配を下した僕に感謝したまえ」

ルーリエが横たわる側で、本人を抜きにして話がどんどん進んでいく。

「そのためにハルディエル公爵をラヴィレに召喚なさいましたの？」

「ああ。この僕の存在感に隠れてしまうのが嫌なのか、この数年ベルナールはずっと領地にこもりがちだったからな。あいつにもそろそろ連れ添いが必要だろうと思って、僕が気をつかってやったのさ」

「臣下への心配りも忘れないだなんて。さすがは殿下。ご立派ですわ」

「僕は未来の国王だからな」

最後イグレンは上機嫌な笑い声を出しながらビアンカと共に去っていった。

淡い色の壁紙と同じ色調の調度品で整えられた柔らかな印象の部屋に残されたのは呆然《ぼうぜん》と佇むクラと、相変わらず寝台の上で身動きの取れないルーリエのみ。

年が明けた初月《はじめづき》の二十一日、折しも今日はルーリエの十八回目の誕生日だった。

（わたしをハルディエル公爵に下げ渡すって、あれどういう意味かしら。それにこのこと、叔父様はご存じなのかしら？）

気になることは多々あるけれど、かろうじて今日も生きているという重症度のルーリエは、彼らに追いすがることも、質問を浴びせることもできない。何しろ寝返り一つ自力では打てないのだから。

（というか、わたし……）

素朴な疑問が頭に浮かび上がる。

（明日も生きていられるのかしら？）

第一章　ルーリエと突然の結婚

結果として、ルーリエはイグレンから婚約破棄を通告された二日後には宮殿の外にいた。ついでにまだ生きている。

あのあと、動くことのできないルーリエは宮殿仕えの侍女や下女たちによって宮殿内に設置された移動魔法陣の中へ運ばれた。

さすがに行き先くらいは教えてほしいなあと考えていると、声をかけられた。

その声の持ち主の男性こそがイグレンが告げたルーリエの下賜相手、ベルナールだった。

彼は静かな声で「このようなことになってしまいすまない」と告げてきた。

こちらの方こそ彼に謝りたくなった。今回の件はとんだとばっちりである。イグレンは不要になった元婚約者のルーリエを彼に押しつけたのだ。

さすがに、死にかけの婚約者を放逐したというのは外聞が悪いと察せられた。

ベルナールは病人のルーリエを慮《おもんばか》り、クララ越しにいくつか話を聞かせてくれた。心構えもないまま異性の目に晒《さら》されるのは心に負担だろうとの思いから、クララにパラソルを渡して視界を遮ってくれたのだ。そのような心配りに胸がじんわりした。

まばゆい光に思わず目を閉じた次の瞬間、王都ラヴィレから離れたガイマスという名の街に到着していた。

シエンヌ王国には、王都と主要都市の間を結ぶ移動魔法陣が魔法省支部に設置されている。

ガイマスは、ベルナールの領地に一番近い、移動魔法陣が設置されている街とのこと。

魔法による時間短縮ができるのはここまでで、この先は馬車での移動になるのだそうだ。時間はおよそ六時間。

これは健常者を乗せた馬車が速度を落とすことなく走った場合で、今回は臥《ふ》せっているルーリエを乗せるため、速度を緩める必要がある。さらには横たえたまま移動可能な大きな箱型馬車も用立てなければならない。

ベルナールからは、準備が整うまで少し時間が欲しいと説明された。

仮の静養先として案内されたのは街に建つ旅籠《はたご》だった。この街で三本の指に入る老舗で、中庭に面した部屋のため外の喧騒《けんそう》とも無縁だ。

大きな天蓋《てんがい》付きの寝台の上を滑るシーツはパリッと糊《のり》が利いており、サイドテーブルには切り花が飾られ、ふわりと甘い香りが漂う。窓の位置が宮殿で与えられていた部屋と違うようで、光の入り方が違うのも新鮮だった。

今日も今日とてただ横たわるだけのルーリエにはいくらでも時間がある。

思い起こすのは、イグレンから突きつけられた婚約破棄の言葉。

（悲しくはあったけれど、仕方がないわ。彼は国王陛下の一人息子だもの。いずれは王位を継がれる御方《おかた》……。謎の衰弱症で寝たきりのわたしは、遅かれ早かれ婚約者の立場を解かれていたわ）

イグレンの上には、三人の姉王女がいるが、この国では女性に王位継承権はない。

幼少時より王太子としての教育を受けていたイグレンの妻ともなれば、多くの責務と期待を背負うことになる。彼に寄り添い政《まつりごと》を支え、円滑な王位継承のために彼の子を産むこと。健康な人間であっても多くの重圧がのしかかり、気力と胆力を必要とするだろう。

（原因不明の衰弱症を患い、日に日に弱っていくばかりのわたしに務まるはずがない……）

周囲の人たちは皆優しかった。ルーリエの回復を信じ献身的に仕えてくれた。

けれども、薬を飲んでも魔法医を呼んでも何の効果もなかった。

希望の光が見えない中、ルーリエを含め徐々に諦めの色が濃くなっていくのを感じていた。苦しかった。動けないこの身が歯痒《はがゆ》かった。生きたいと願っていた。

でも、分かるのだ。もう残りの時間が少ないことを。

（だからビアンカが新しい婚約者になるのは仕方のないこと。ううん、むしろ当然のことだわ）

イグレンが言っていたように、王都に漂う黒い霧の浄化を担っていたのはビアンカだった。精霊殿に集う聖女たちと協力し、ラヴィレの平穏を保ってくれていたのだ。

彼女にもルーリエと同じミラジェス家の血が流れている。自分がいなくなっても世界は回っていく。

寂しいけれど、これが現実なのだ。

（あとは……、死にかけのわたしを押しつけられたハルディエル公爵だけが、ほんっとうにはずれくじを引いたようなものよね……。ごめんなさい）

まさか引き取った少女の最期を看取《みと》ることになるなんて。わたしは最期、優しい言葉をかけてもらって幸せでした。それに環境の変化が良い方向に作用したのか昨日からずいぶんと心が軽く、というか体も昨日よりもふわふわ軽くて、もしかすると本当にお迎えが来たのかもしれません。

などと人生を締めくくっていたルーリエは、背中に感じる床ずれに対して無意識に寝返りを打った。

（ん……？）

はた、と気がついた。

（寝返りが打てたわ！　え、なんで？）

誰の手も借りずに、自分だけの力で。この数か月、まともに体を動かすことができなかったのに、寝返りが打てた！

先ほど感じたではないか。体も昨日よりもふわふわ軽いと。

数時間おきにクララが体の向きを変えてくれなければ、まともに寝返りも打てなかったのにどうして。目をぱちぱちと瞬き、ふと思いついて体の横にある手を動かしてみる。

（動いた！）

信じられない。手を握ったり開いたりできたではないか。ちなみに足を動かすこともできた。

突然の変化に呆然としていると、クララが入室してきた。いつの間にか食事の時間になっていたようだ。

　しかも、だ。

　いつもクララが時間をかけて飲ませてくれるスープを、今日はいつもの半分以下の時間で飲み干すことができた。

「もっと……飲みたい……」

　思わず口から出た言葉にぎょっとした。今、もしかしなくても喋《しゃべ》ったのは自分だろうか。

「ルーリエ様……い、いい今」

　クララの灰色の瞳にみるみる涙が溜《た》まった。やはり自分の声だったらしい。

　ルーリエは半信半疑に口を開け、発声してみる。

「あー……」

　やっぱり喋れた。二人はしばしの間、見つめ合った。

　カラン、という音が静寂を破った。クララの手からスプーンが滑り落ちたのだ。

「ルーリエ様！　今日は食欲があると思っていましたが、まさかこのように回復されるとは！　ちょっと待っていてください。今すぐにお代わりを用意しますね」

　すぐに現実に戻ったクララがガタンと椅子から転げ落ちそうな勢いで立ち上がり、スプーンを拾ったのち、部屋から出ていった。後頭部でまとめた黒髪のおくれ毛が彼女の動揺を象徴するようにぴょんと跳ねていた。

ほどなくしてクララが新しいスプーンとお代わりのスープを持って来てくれた。

牛骨で出汁《だし》を取った琥珀色《こはくいろ》のスープだ。一口飲み込むごとに体に染み渡るのを感じた。それは、からからに乾いた大地が水を吸収するのに似ていた。

ルーリエはお代わりのスープもあっという間に飲み干した。さらにはまだ足りないと体が主張する。食欲など、久しく忘れていた感覚だった。

「固形物が食べたい」

「今日はこのスープで様子を見ましょう。ルーリエ様はずっと液体物しか摂取していなかったのです。急に食事量を増やしたら胃がびっくりしてしまいますよ」

クララが泣き笑いの顔で忠告した。ルーリエが生きたいと主張していることが嬉しくてたまらない。そう伝わってきた。

(クララが喜んでくれて嬉しい……。でも……)

この時点で、ルーリエはまだ半信半疑だった。

もしかしたら翌日には、また元の状態——体を動かせず声も出せない——に戻っているかもしれない、と。

だが、翌朝も体調は悪くなるどころか、ミルクスープをぺろりと飲み干し、その後出されたすりおろした林檎《りんご》も完食した。

「ねえクララ。もっと食べたいわ」

まだ物足りないとばかりに胃がキュウゥっと主張したため、ルーリエがその声を代弁すると、クラがみるみるうちに涙ぐんだ。

「お嬢様が回復されて……本当に、本当に嬉し……いです……」

感極まったのか、昔の呼び方に戻ったクラが洟《はな》をずびずび啜《すす》った。

彼女は、元は実家ミラジェス公爵家が雇い入れた娘だ。十二歳の頃から側付きとして仕えてくれていて、本格化するお妃教育のために宮殿に上がることになった際、父がかけ合ってくれ同行することが許可された。

彼女が宮殿に付いて来てくれたおかげでどれだけ心強かったことか。

彼女は徐々に病に侵され、ついには動くことさえできなくなったルーリエに対して献身的に仕えてくれた。そのことにどれだけ励まされたことか。

いつお迎えが来るかも分からない状況下でも、クラは以前と変わらぬ穏やかな声でルーリエに話しかけ続けてくれた。

毎朝、日付と天気を伝えてくれ、庭園に植えられた花の蕾《つぼみ》がどれだけ大きくなっただとか、巷《ちまた》で流行《はや》っている物語を読み聞かせてくれたこともあった。

「クララ、今まで本当にありがとう」

「わたしは……っく、お嬢様の……回復を信じて、いましたから」

これまでの感謝を伝えると、彼女はもう一度大きく洟を啜った。

「ねえ、見て。わたし手だって動かせるの。これまで重たかった体がとっても軽い。きっと立ち上がることだってできるわ」

ルーリエの心が歓喜に震えた。

これまでの重症度が嘘《うそ》のように体を思う通りに動かすことができる。

手を持ち上げて閉じて開いてを繰り返すこともできるし、背に敷いてもらったクッションから身を離して、自分の力だけで寝台の上に座ることもできる。

ルーリエは期待を込めて足を動かした。そっと床に足のひらを置いてみる。

「ほら、見て」

得意になって立ち上がろうとした瞬間、体が崩れ落ちた。

クララの悲鳴が聞こえた。

「ルーリエ様！」

どうしたことだろう。足が全くいうことを聞いてくれない。

「ルーリエ様は一年半も寝たきりだったのです。足の筋力がすっかり弱ってしまっているので、いきなり立ち上がろうとしても無理に決まっています」

「なるほど……失念していたわ」

「さあ、寝台に戻ってください」

ルーリエは素直に従った。ただし、横にはならずに枕を背もたれに上半身を起こしたままの姿勢である。先日までの死にかけっぷりからすれば目覚ましい回復だ。

「腕も足も木の枝のように細くなっているわ」

液体物の摂取のみで辛うじて命を繋《つな》いできたのだ。想像以上に体から筋力が失われているようだ。

「一方的に宮殿を追い出された時はどうなるかと目の前が真っ暗になりましたが、お嬢……とと、ルーリエ様が回復されたことだけが幸いです」

「あなたにはずっとお世話になってきたわ。でも……これ以上クララを巻き込むわけにはいかないわ。あなたにはあなたの人生があるのだもの」

言外に、これからは好きに生きてほしいと伝えたルーリエの前でクララが激しく首を左右に振った。

「いいえ、これはわたしの意志ですのでご安心ください。それに、ハルディエル公爵様がわたしの今後の待遇について色々提案なさってくださいました。その恩に報いるためにも、わたしはルーリエ様のお側《そば》に仕えさせていただく所存です」

どうやら自分のあずかり知らぬところで、クララの新たな雇い主がベルナールへと変わったようだ。

ふんすっと鼻息荒く宣言されては、頷《うなず》くしかない。

彼女のこれからを案じつつも、まだ一緒にいてくれることにホッとしている自分もいる。

「不敬ではございますが、イグレン殿下には申したいことがたくさんございます。ですが……最優先事項はルーリエ様が元気になることです。そうだ。こうしてはいられません！　ハルディエル公爵に伝えなければ」

ビュンっと風のごとく部屋から去ったクララの背中に「慌てて転ばないように」と声をかけたのだが、届いただろうか。

一人居残ったルーリエは、改めてガリガリに痩せた足を見下ろした。

どのくらいで以前のように自由に歩けるようになるのだろうか。正直見当もつかない。

(でも……、どうしよう。今、とても嬉しい。だって、こんなにも元気なのだもの)

胸に希望が宿るのを止められない。健康な人間から見れば、今のルーリエは弱々しく映ることだろう。他人が分からなくても自分には分かるのだ。体の奥から活力が湧き出ていることが。

ずっと弱っていくばかりだった。朝目が覚めると昨日よりも症状が重たくなっていた。

終《しま》いには起き上がることすらできなくなった。声を発することもできないほど衰弱した。

空腹も渇きも感じない。ただ毎日生かされているだけの存在に成り果てていた。

「必ず良くなりますから」

そうクララに励まされても、ついには希望すら持てなくなった。

原初の精霊はまだわたしを天上の国へ導いてくださらない。

そう思うのに、夜眠る前になると途端に怖くなった。もうこのまま目を覚ますことはないのではないか。クララに最後の挨拶もできずに、天に召されてしまうのではないか、と。

相反する気持ちの狭間《はざま》を揺蕩《たゆた》い、生きる意味も希望も失くしていたのに。

一体誰が、このような急回復を想像したというのだろう。少なくともルーリエ自身、未《いま》だにどこか半信半疑だ。でも頬《ほお》をつねってみても痛いので、これは現実なのである。

昼食に出されたミルクスープにはすりおろしたパンが入れられており、ほんのり甘いそれを噛《か》みしめて、思わず「世界で一番美味《おい》しいわ」と呟《つぶや》いた。

「ルーリエ様、それは言い過ぎですよ。もっと元気になればルーリエ様のお好きだったクリームたっぷりのケーキも、牛肉をオーブンでじっくり焼いたお料理だって、食べられるようになります」

うっかりかつての好物を想像すれば、口の中に唾液が湧き上がった。

そうだ。もっと元気になれば肉も魚もケーキも食べられるようになるのだ。

胸の奥がむず痒《がゆ》くなった。それは、久しく忘れていたわくわくする気持ちそのものだった。


その日の午後、ルーリエのもとをベルナールが訪れることになった。

面会を了承したのはいいが、元気になれば思考も色々と回るようになる。

ずっと寝付いていたため、身ぎれいな状態ではない。淡い薔薇色の髪や黄金色の瞳を褒められることは多かったけれど、寝間着姿の状態はあまりにも無礼だ。

ベルナールは現国王の弟の息子である。イグレンとは二歳差の従兄で、王家の血を引く貴公子なのだ。

主人の意を汲《く》んだクララがベルナールの了承を取りつけ、衝立《ついたて》越しでの面会と相成り、ルーリエはほっと息を吐いた。

扉が開き、足音が聞こえた。衝立越しに人が座る気配が伝わってくる。

「女性の寝室に入る無礼を許してくれた心優しいミラジェス嬢に感謝する」

高くもなく低くもない思慮深い落ち着いた声だった。宮殿を去る時も聞いた。あの時は気にする余裕もなかったけれど、ずっと聞いていたくなるほど耳に心地良い。

そういえば、と思い出した。ベルナールとはルーリエがまだ小さな頃一度会ったことがあった。あの時はまだ声変わり前だったが。月日が経《た》つのは早いものである。

妙な感慨にふけったのは一瞬で、慌てて返事をする。

「い、いえ。こちらの方こそたくさんご配慮くださってありがとうございます」

「体調に変化があったと聞いた。快調に向かっているのだとか。現在の具合はいかがだろうか？」

「はい。この数か月、寝返りさえ打つことができなかった身の上だったのですが、今はこうして会話ができるようになり、食欲も湧き、そして体を動かせるようになりました」

「声にも張りがあるように聞こえるが……無理をしているわけではないのだな？」

自身の現状を語ったルーリエに対して、ベルナールが慎重に尋ねてきた。直接相対していないため、不安があるのだろう。

「もちろんです。正直、どうして急に回復したのか分かりませんし、未だに自分でも信じられません。けれども、食欲が湧いてきて、食べるごとに体の奥から活力が湧き起こるのが分かるのです」

「そうか。確かにあなたの声は明るく活力に満ちている」

「はい。きっと、明日はもっと良くなる。胸の中にそう希望の光が灯《とも》るのです」

ルーリエは声を弾ませた。思考が明るくなったことこそが大きな変化だった。

「いくつか質問していいだろうか」

「もちろんです」

彼が尋ねたのは、ルーリエのこれまでの症状についてだ。彼にもある程度伝わっているのだろうが、自分の口で改めてこれまでの経緯を説明する。

それは数年前のことだった。最初はただの疲労かと思った。

ルーリエはシエンヌ王国の王太子イグレンの婚約者であると同時に、光のいとし子であった。そのため毎日忙しく過ごしていたからだ。

このシエンヌ王国でミラジェス公爵家は特別な家である。

それというのも、数百年前に光の精霊と交わったという伝説があり、一般の聖女とは違う浄化能力を持つ女性が定期的に生まれるからだ。

それは通常の聖女が十人で行う浄化を一人でこなせるほどの強い力だ。

光のいとし子というのは、ミラジェス公爵家に生まれた中で一番強い力を持った者を指す呼称だった。

そして、当代の光のいとし子がルーリエで、ラヴィレに発生する瘴気、通称黒い霧の浄化を行っていた。

王都ラヴィレではおよそ六〜八十年に一度、この黒い霧と呼ばれる強力な瘴気が発生する。そのたびに王家はミラジェス家から娘を王妃に迎え、瘴気を抑える。

この慣例に従いルーリエはイグレンの婚約者となった。

その生活は多忙を極めた。精霊殿に仕える聖女たちの補佐を受けながらのラヴィレの浄化活動に、将来の王太子妃としての勉強も行わなければならない。

シエンヌ王国の歴史に外国語、楽器、ダンス、そして宮廷作法など学ぶことはいくらでもあった。

そのような生活の中で体調の異変を感じたのは、十四歳を過ぎたあたりのことだった。

「この時期は体にも変化が起こりやすいと聞きますし、わたしの場合もそうなのだろうと、やり過ごしておりました。けれど、徐々に体がいうことをきかなくなっていったのです。食事の量が減り、めまいや立《た》ち眩《くら》みに襲われ、寝付く時間が多くなっていきました。そして一年半ほど前からは寝台から離れることができなくなりました」

それはまるで自分の中に何かが入り込んでくる感覚とでも言えばいいのだろうか。

命の輝きをじわりじわりと浸食されるような心地だった。気がついた時には、得体のしれない何かに体が蝕《むしば》まれていた。

様々な治療を試したが何をしてもだめだった。回復する兆しすらなかった。

「正直、そろそろお迎えがくるのかな、とも思っていたのですが……。急に元気になりました。自分でもびっくりです」

素直な驚きを声に乗せつつ、ルーリエは話を締めくくった。

「詳しく聞かせてくれてありがとう。一度医者を呼ぼうかと思うのだがいかがだろうか」

「ありがとうございます」

次に彼はこれからのことを話してくれた。箱馬車調達のめどが立ったようで、新居となるコルツェン城へ向かうとのことだ。

「あなたもご存じだと思うが、私は現国王陛下の甥《おい》だ。公爵位を授けられていて、普段はリーゼンマース領を治めつつ、魔法研究を行っている。ラヴィレには滅多に顔を出さないため、引きこもりと呼ばれているような男だが……。今後あなたはコルツェン城で私と一緒に暮らすことになる。新居に何か希望があれば言ってほしい」

「こちらの方こそ、イグレン殿下に婚約破棄されたわたしを引き取ってくださりありがとうございます。突然のことに大変驚かれたと思います。こうして親切にしていただいているだけで過分と申しますか。これ以上何か、など……滅相も──」

そう話している途中でふと思った。

そういえば、元婚約者のイグレンはベルナールにルーリエを下げ渡すと一方的に宣言した。下げ渡すとは、結局どういうことだったのだろう。自分の身に起きた変化が大きすぎて、そのあたりのことをすっかり忘れていた。

「あのぉ……結局わたしは、どういう肩書でハルディエル公爵閣下の領地へ向かっているのでしょうか？」

「……」

そろりと尋ねれば、衝立越しに沈黙が返ってきた。

ルーリエは辛抱強く待った。

そして。

「……私の妻だ」

「つ・ま？」

「……ああ。私の……妻だ」

思わず二音に分けて復唱すると、ものすごく言いにくそうな声でベルナールがもう一度同じ台詞を言ったのだった。


死にかけて婚約破棄されましたが、いつの間にか人妻になっていました。

人生何が起こるか分からないものである。それがルーリエの率直な感想だった。

いつの間にか夫となっていたベルナールは仕事が早く、あのあと普段から懇意にしているという医者が呼ばれ、診察を受けることとなった。

ただ、ルーリエが発症していた衰弱症は原因不明であった。そのため症状好転のはっきりとした理由も分からない。そのため主な診察内容は今後の食事と体力回復方法の指導だった。

それから三日経過したのち、いよいよコルツェン城へ向けガイマスの街を出発することになった。

縦長の箱馬車の中はルーリエが過ごしやすいよう最大限の配慮がなされていた。

寝台をそのまま持ち込んだのでは、という縦長の座面には幾重にもクッションが敷かれ、ルーリエの体調に合わせて上半身の高さを変えられるようになっている。

嬉しかったのは、移動に合わせて久しぶりに寝間着以外の衣服に着替えたことだ。さらさらと肌触りの良い絹のブラウスに薄青のスカートを身に纏《まと》えば、心が華やいだ。

「栄養を取られるようになったおかげで、ルーリエ様の肌や髪、爪に至るまで輝きを取り戻しています。わたしはそのことが嬉しいです！」

クララが湊声を出すのも最近の日課になりつつある。

確かに背中の真ん中ほどまであるルーリエの淡い薔薇色の髪は輝きを増した……ようにも思える。

姿見に映る自分の姿はやせ細ってはいるものの、頬の血色は明らかによくなった。食事量が増え、栄養状態が改善されたことで肌も艶《つや》やかになった……はずだ。

己の状態を妙に気にしてしまうのは、現在移動中の馬車にベルナールが同乗しているからだろう。

衝立越しではなく、正式に対面したのは昨日の夕刻のことだった。

名門ミラジェス公爵家に生まれ、幼い頃にイグレンの婚約者に内定したルーリエは、定期的に宮殿に招かれていた。

その中で一度だけベルナールと対面したことがあった。

あれは確か、王家の子供たちが集う場だった。宮殿の中に数ある庭園の一角にて。幼い子供たちが集まって遊んでいた。テーブルの上には果実水やミルク、それから様々なお菓子が置かれていた。

そこで初めてベルナールと挨拶を交わした。緊張して硬い声しか出せなかったルーリエの緊張を解くかのように、彼はふわりと微笑《ほほえ》んでくれた。

そしてその表情を目ざとく見つけたイグレンの姉王女たちにからかわれて、ばつが悪そうに頬を赤らめていたのを思い出す。

（あの時……、イグレン殿下にベルナール様って優しい人ですねって話したのよね。そうしたら、殿下が機嫌を悪くして……）

その時、イグレンにとってベルナールは目の上のたん瘤《こぶ》……ではなく、コンプレックスを刺激する相手だと分かったのだ。

あれ以来ベルナールとは会ったことも、ましてや言葉を交わすこともなかった。

「ミラジェス嬢、馬車の振動は大丈夫か？」

「は、はい」

過去を思い返していたルーリエの耳に、立派に成長したベルナールの声が届いた。

その黒髪は日の光の加減で藍色にも見える艶やかな濡《ぬ》れ羽色《ばいろ》。さらりとしたそれが目にかかると、彼は無造作に指ではらうのだが、細いけれども節だった手に妙な色気を感じてしまう。

切れ長の瞳は静かさと知的さが混ざり合う深い藍色で、一見すると涼やかで近寄りがたい雰囲気を身に纏う美貌の青年なのだが、目が合うと形の良い唇をすっと持ち上げてくれ、こちらの緊張を解そうとしてくれる。

その笑みに視線が吸い寄せられては、慌てて下を向くということを繰り返している。

きっと、男性への免疫があまりないせいに違いない。

「そうか。無理はしない行程だが、慣れない移動のせいで体調に異変をきたすかもしれない。その時は遠慮なく訴えてくれ」

「あ、りがとうございい、ます」

温かな声に頬へ熱が集まり出し、思わず声が上擦った。

「……あの。毎日花を届けてくださったり、本を持ってきてくださったり、車椅子を用意してくださったり、本当にありがとうございます」

「少しでもあなたの気が紛れればいいと思ってやったことだ」

「それでも、嬉しかったのです」

ルーリエはふわりとはにかんだ。

原因不明の衰弱症を発症して以来、元婚約者のイグレンとは距離が離れる一方だった。

最初、定期的に見舞いに訪れてくれていたが、次第にその足は遠のいていった。何の責務も果たせない自分が嫌で、彼が見舞うたびに「申し訳ございません」と繰り返していた。

一向に回復する兆しが見えない中で、互いが醸し出す空気が重たくなっていくのが分かった。きっと、彼も疲れてしまったのだろう。励ましてもルーリエの体調は悪化するばかりだったのだから。

二人共まだ大人になりきれていない年頃だった。

そのような中でイグレンが健康なビアンカに心を傾けたのもある意味、自然なことなのだ。

「押しつけがましいとも思ったのだが……あなたが喜んでくれて嬉しい」

ベルナールが笑みを深めた。大きく口を開けて笑うでもない静かなそれは、ずっと見ていたいな、と思わせるものだった。

「押しつけがましくなど……。今だって、馬車での移動で寒さを感じることがないように、魔法を使ってくださっていますよね？　本当にたくさん配慮してくださって、ありがとうございます」

「私は寒さが苦手なんだ。だからこれは私のためだ」

外は真冬だというのに馬車の中は春のようにほわほわ暖かだ。空気を温める魔法を使った彼の返事が本心なのか自分に気をつかってのものかは分からない。

でも、優しい人なのだな、ということは伝わってきた。

馬車の旅は存外に穏やかだった。

その日は何事もなく進み、途中の村に一泊した。

翌日、ルーリエは気分爽快に目覚めた。ぐっすり眠れば疲労は一晩で回復することを身をもって実感して、じーんと嬉しくなった。もちろん食欲もばっちりあった。

馬車に乗り込み、いくらか時間が経過した頃ベルナールが話しかけてきた。

「おそらく昼過ぎにはコルツェン城に到着するはずだ」

「いよいよですね。どのようなお城なのか楽しみです」

目指すのはエトワルムという名の街だ。王国北東部にあるベルナールが治めるリーゼンマース領内で一番栄えている街である。

「古い時代に建てられた城ゆえ、女性好みの城ではないんだ。それに長い間一人暮らしをしてきたせいで、城仕えの者たちも少ない。堅苦しさとは無縁なのがいいところなのだが、あなたに不自由な思いをさせないように、今後新しく侍女を雇い入れたり、城内の改装も行おう」

ベルナールが若干苦い顔つきになった。

彼が公爵位を賜ったのは四年ほど前の十八の年の頃だ。それを機に一人暮らし（正確には執事や従者なども一緒である）を決め、一人コルツェン城に移り住んだのだという。

彼の父は現在も王家に籍を置いており、ベルナールとは違う王領を与えられている。

領地名に由来したルニテエール公と呼ばれ、平時は王都から離れたその街で暮らしている。

「今回の婚姻は突然のことでしたもの。それなのにわたしを受け入れてくださり感謝しかありません」

「確かに突然ではあったが……」

従弟から呼び出され、宮殿に赴いたベルナールは突然この娘を妻にしろ、とルーリエを押しつけられたのだ。とんだ無茶振りである。

ガイマスの街でベルナールが語ってくれた。瀕死《ひんし》だった自分は、誰とも何の誓約も交わしていなかった。それなのにいつの間にか人妻になっていた不思議。

（まさか叔父様を代理人として婚姻契約を行ったとは……。イグレン殿下ったら、こういう時だけ根回しの段取りがよすぎるわ）

普段は部下へすぐに仕事を振るきらいのあるイグレンだったのに、こういう時は行動力を発揮するようだ。

「あなたを連れ帰ることに決めたのは私の意志だ」

「ありがとう……ございます」

強い口調で断言されれば、それ以上の言葉を紡ぐことができなくて。

藍色の瞳に自分の姿が晒されているのだと思えば、何か妙な心地になってしまい、それをかき消すかのように前髪を指でいじり始める始末だった。

きっと、彼の過分な親切には同情が含まれているのだろう。

ルーリエには両親がいない。母は幼い頃に亡くなり、父も十四歳の頃に事故で落命した。

優しく穏やかな父は、勉強や黒い霧の浄化に忙しいルーリエの身を気遣ってくれた。互いに忙しい身で、同じ思い出を作る機会があまりなかったのが心残りだった。

亡くなった父の跡を継いだ叔父はどこか冷めた目でルーリエを眺めていた。一見するとにこやかに接してくれるが、瞳はどこか冷然としていた。

宮殿に上がってからはさらに疎遠になり、挨拶の文を季節の折りに交わす程度。病に倒れてからは、年に数度見舞いに訪れてはくれたが、寝たきりになってからはクララが応対してくれていた。

そのミラジェス公爵は今回の件でイグレンの味方についた。彼としては、新たにビアンカを王太子妃に据えるにあたり、前婚約者のルーリエが独身でいるよりも、余命僅かでも人妻にした方が外聞が良いと考えたのかもしれない。

どれだけ考えてもベルナールにとっては何の利益もない結婚だ。

（まさかイグレン殿下、公爵のことが好きじゃないから、盛大な嫌がらせでわたしを押しつけたのでは……？）

その可能性が高すぎてルーリエは思わず呻《うめ》いた。

イグレンは自身の感情に素直な御方だった。好き嫌いの感情をしっかり表に出す性質だったため、婚約者として過ごしていた数年の間に、色々察するものがあった。

身も蓋もない言い方をすれば、イグレンはベルナールに対してコンプレックスを持っているのだ。二歳年上の彼とは幼少時に何かと比べられたらしい。それが頭の片隅にこびりついて落ちないのか、成長した今も目の敵にしていた。

「今回のイグレン殿下の行為について、従兄の私から謝罪をさせてほしい。あのような状態だったあなたに婚約破棄並びに宮殿からの退去を突きつけるとは、人として道理に反している」

真剣な声が聞こえてきてルーリエは慌てて居住まいを正した。静かだがぴりりとした怒気が肌を撫《な》でるのが分かった。

「死を待つだけのわたしはイグレン殿下のお荷物でしかありませんでした。わたしが殿下の婚約者のまま死を迎えれば、彼は喪に服しなければなりません。そうすれば新しい婚約者を宮殿に迎え入れるにも時間を要してしまいます」

それはつまり新しい婚約者、即《すなわ》ちビアンカとの結婚が遠のくことになる。

「あなたは優しすぎる」

「わたしのために怒ってくださりありがとうございます、公爵閣下」

彼が真実ルーリエのことを考えてくれているのだと分かるから、今こうして笑っていられるし、ショックも最小限で済んでいるのかもしれない。

「あなたは……私の妻だ。これからはベルナールと。そう呼んでほしい」

「で、では……わたしのこともミラジェス嬢ではなく、ルーリエと。あなた様の妻なのですから、名前で呼んでください」

「……分かった。ルーリエ」

「っ！」

呼び方が変わっただけで、何か気恥ずかしい。

「あなたは名前で呼んではくれないのか？」

「……ベルナール様」

請われたルーリエは、そっとその名を唇に乗せた。

「――っ」

妙な間が生まれた。気恥ずかしさが爆発したかのように、二人は同時に窓の外へと視線を向けた。

遠くに尖塔《せんとう》が見えた。あれがエトワルムの街だろうか。


エトワルムの街にほど近い小高い山の上に建てられたのがコルツェン城だった。

城が建つ山のすそ野を蛇行して流れるのはリート川だ。この川沿いにリーゼンマース領内で一番賑《にぎ》やかなエトワルムの街がある。

緑の木々に囲まれた薄茶色の城は遠目から見ても美しかった。

土台が作られたのは数百年前で、その後何度も改築され今の形になったのだと教えてもらった。

城の城壁をくぐり、最奥にある館に代々城の主が居住してきた。

ベルナールは古い建物だと言っていたが、中は現代風に手が入れられ壁紙も張り替えられている。

通されたのは中庭に面した二階の客間で、古いけれどきちんと磨かれ手入れのされた調度品はどれも品が良い。

新しい居住空間は文句のつけどころもないくらい素敵だ。

(でもでも、いつかはベルナール様と同室になるのよね?)

などと思い至れば、胸の鼓動が速くなった。きっと、体が自由に動かせたのなら意味もなく部屋の中をぐるぐると歩き回っていたことだろう。それはまだできないため、寝台の上をごろごろ転がるだけなのだが。これだってひと月前の自分では考えらえないことだった。

（どうしてかしら。ベルナール様のことを考えると、意味もなく挙動不審になってしまうわ）

心なしか頬《ほ》っぺたが熱い気もするし、胸がドキマギする。

きっとこれまでの多くの時間を女性に囲まれて生活してきたからだ。

貴族の家に生まれた娘というのは、幼少時から接する異性が非常に限られるものである。

イグレンという婚約者はいたものの、どちらかというと幼馴染《おさななじ》みの感覚の方が強かった。小さな頃から互いを知っている者同士の親近感とでもいうのだろうか。

もちろんいずれは夫婦になるのだと理解はしていたし、いつか愛情が芽生えるのかな、とふんわり考えてもいた。その時が訪れる前に婚約破棄されたのだが。

「これから共同生活が始まるのだもの。挙動不審な娘だと思われないためにも、しっかり落ち着いた振る舞いをするのよ！」

よし、と気合を込めた独り言は室内に良く響いた。

それからしばしの間寝台の上で関節ほぐしに勤《いそ》しんでいると、扉を叩《たた》く音が聞こえた。

クララが戻ってきたのだ。彼女はベルナールの伝言を携えていた。確かめたいことがあるのだという。何だろうと、首を傾《かし》げながら入室を許可すれば、十数分後、彼が部屋を訪れた。

「何か不自由なことはないだろうか。こうしてほしいなどの希望があれば遠慮なく言ってほしい」

「いいえ。とても素敵なお部屋で感激しています」

ルーリエがにっこり微笑むと、彼もつられたように口元を緩めた。

しばしの間、花咲くようなふわりとした空気が漂う。

見つめ合うように視線を合わせていたが、ベルナールが小さく咳払《せきばら》いをしてかしこまった声をだす。

「ここからが本題なのだが、このコルツェン城には魔法の結界が敷かれている」

「結界ですか？」

魔法は全ての人間が使えるわけではない。魔力を持っているの人間は人口の三割から四割だ。

「私は一応国王陛下の甥という立場のため、……不測の事態に見舞われることもあるだろうと、魔法研究の成果も兼ねて、あらゆる魔法由来のものを感知するような結界魔法をこの城にかけている」

「ベルナール様が優秀な魔法の使い手であることは存じております。学習意欲も高くいらっしゃり、日々魔法研究に勤しんでおられることも宮殿に伝わってきていました」

王家の人間は魔力を有して生まれてくる者が多い。彼らはその身に宿る魔力の扱い方を家庭教師に習う。中には魔法学院に籍を置く王族もいるが、ベルナールは高名な魔法使いに師事していたと聞いたことがあった。そして大変優秀で、魔法使いとして高い素養があるとも。

「単なる引きこもりの偏屈男だ」

彼はぼそりと呟いた。多分にイグレンの言葉を引きずっているものと思われる。

ともかく、と彼は一度咳払いをして話を元に戻した。

「コルツェン城で一抹《いちまつ》の魔法の反応があった。私が城を出立する前にはなかったため、外から持ち込まれたものだと考えた。私の留守中に何か異変が生じたとも考え原因を探ったのだが……」

ベルナールが真剣な面持ちでルーリエを見つめた。即座に彼の言いたいことを察した。

「そのような異変はなかった。であれば、わたしたちに由来する何か、だと。そのようにお考えなのですね」

「コルツェン城まで乗ってきた馬車や荷物を確認したあと、クララ・フィロアに同意をもらい、彼女の持ち物を検《あらた》めて……最後に残ったのがルーリエ、あなただ」

「わたし……ですか?」

ルーリエは思わず己を見下ろした。

今着ている衣服に何かの魔法が仕込まれているのだろうか。華美ではなく寝台の上でも寛《くつろ》げるくらい着やすい意匠のものだ。これは宮殿から持ってきたものではなく、ガイマスの街でベルナールが紹介してくれた店でクララが選んでくれたものだ。

「あなたにとっては不本意かもしれないが、出所を探らなければすっきりしない。調査に協力してくれないだろうか」

「もちろんです」

ここはベルナールの居城だ。ここまで聞かされればルーリエだってきちんと解明してもらいたい。

ベルナールにどうするのか尋ねれば、寝台の上にいてくれて構わないという答えが返ってきた。今ここで探索魔法をかけるのだという。

ベルナールはルーリエを囲むように、魔法陣が書かれた紙片を四か所に置いた。彼が詠唱を始めると、ルーリエの周囲が淡く光り出した。魔法陣が作用し始めたのだ。ルーリエを囲むように光が立ち上がる。

光に包まれたルーリエの後ろ側に一か所、眩《まぶ》しさを主張する場所があった。

「そこだな」

ちょうど背中の辺りだ。衣服だろうか。一度ベルナールが退出し、ルーリエは今身に着けていたものを全て脱ぎ、別の衣服に着替えた。

ベルナールがルーリエの身に着けていたものをひとまとめにして探索魔法をかける。

しかし、今度は何も光らない。一緒に見守っていたルーリエは頭の中に「?」を浮かべた。

(おかしいわ。わたしが着ていた衣服には何の反応もなかった。でも、調査の対象はわたしで最後なのよね?)

ということは……。残るは本人のみである。

どうやらベルナールも同じ答えに辿《たど》り着《つ》いたようだ。彼は歯切れ悪く「あなたをもう一度調べたい」と伝えてきた。

「もちろんかまいません。わたしも原因をすっきりさせたいです」

「ありがとう」

礼を言ったわりに彼はすぐに作業に取りかかろうとしない。何やら逡巡《しゅんじゅん》し、口を開きかけては閉じてを繰り返す。

ルーリエは、はて、と首をゆっくり傾けた。

ベルナールの頬がうっすら赤くなっているのは気のせいだろうか。

「探索魔法をかけないのですか？」

「……いや……。かけるのだが……」

彼は煮え切らない態度である。

ルーリエは辛抱強く待った。

額に手をやった彼は、やがて観念したかのように口を開いた。

「あなた自身を調べる必要があるんだ。だから……その、あなたの素肌を見る必要がある」

「！」

予期せぬ宣言に心臓が大きな音を立てた。

だって、目の前の彼に素肌を晒すのだ。動揺のあまり視線をあわあわと彷徨《さまよ》わさせる。

分かりやすく狼狽《ろうばい》したルーリエを前に、ベルナールが堰《せき》を切ったように話しだす。

「肌を見せてもらうと言っても、さきほど反応があった背中だけだ！　だから素っ裸になる必要はないから安心してほしい。いや、男に肌を見せろと要求されていて安心も何もないんだが。これは別にいやらしい意味ではなく、調査の一環であって。絶対に何もしないし欲情もしないと誓う！」

「いいいえ、わたしの方こそ変な反応をしてすみませんでした。そもそもわたしたちは夫婦なのですから、よく考えれば当然と言いますか。あ、一応お妃教育の一環で子作り全般の知識は持ち合わせているのでご安心ください！」

互いに焦りすぎているのか、長台詞《ながぜりふ》を一気にまくし立てた。

ルーリエに至っては完全にここでは必要のない情報まで差し出す始末だった。

「夫婦でも、あなたにとっては心の準備が必要なことだろう」

「……っ」

こちらの心情を慮《おもんぱか》るベルナールに対して胸の奥が高鳴った。

この城の主は彼だ。ルーリエに一方的に命じることだってできる。

けれども彼は、丁寧に説明をしてくれた。それにこちらの心の準備が調《ととの》うのを待つつもりなのだ。

優しさを持ち合わせたベルナールだからこそ、ルーリエは覚悟を決めることができた。

こういうのは、恥ずかしがっていたら余計に妙な空気になるだけだ。これは調査なのだ。宮殿の侍医は男性だったではないか。それと同じだと思えばいい。

「ベルナール様、わたしは大丈夫です。今、準備しますね」

「協力感謝する」

ルーリエが決意を込めた声で応じると、彼は静かな声で頷いた。その声に心が落ち着いていくのを感じた。

背中のボタンを上から順番に外してもらう。コルセットはつけておらず、肌着が現れる。

ベルナールが「失礼する」と慎重に肌着をまくり上げ、ルーリエの背中の検分を始めた。

小さく呟く声が聞こえる。魔法の詠唱だ。この声好きだなぁと、何とはなしに思った。

いくどか詠唱の種類が変わった。三番目の詠唱の途中から腰と臀部《でんぶ》の中間あたりに微《かす》かな痛みが生じる。ちりちりとした、何かが引っかかるような類《たぐい》のものだ。

「ん……」

思わず声が出てしまった。

やがて詠唱が終わり、ベルナールがゆっくり口を開いた。

「あなたの背中に魔法陣が浮かび上がった」

「魔法陣……？　わたしの背中に……？　どうして……」

身に覚えがなかった。呆然としたまま、口から疑問が零《こぼ》れ落《お》ちる。

「そうか。心当たりがないのだな」

ルーリエは小さく首肯した。

自分の知らぬ間に体に魔法陣が刻まれていた。一体誰が。どうして。疑問が浮かぶのと同時に背中がぞわりと粟立《あわだ》った。

ルーリエの素肌に触れることができる人間は限られている。

思い浮かべるのは乳母や侍女などの世話役や彼女たちを補佐する人間だ。高位の貴族家に生まれた者は赤ん坊の頃から多くの人の手によって育てられる。着替えも入浴も人の手が入ることが当たり前として成長するのだ。

そのため肌を晒したことのある者たちを辿《たど》るとなると生まれた頃まで遡《さかのぼ》らなければならない。

「まずはこの魔法陣を詳しく調べたい」

曰《いわ》く、ところどころ古い文字や、広く汎用している魔法陣とは違う言い回しが使われているとのこと。解読に時間がかかるため書き写す必要があるのだそうだ。もう少し時間を要すると言われたルーリエだったが、分からないことが多すぎてぼんやりしたまま頷いたのだった。

それから三日後。ルーリエはベルナールの部屋へ招かれた。

彼の部屋は一つ上の階である。同じ階であれば車椅子を使用できるため、コルツェン城に到着してからは同じ階にある図書室に通ったりもしていた。

階段を乗降する時は使用人たちの手を借りていたのだが、ベルナールがさらりと「私が運んだ方が早い」と言ったため、ルーリエは早鐘を打ち始める胸を抑えつつ、こくりと頷いたのだった。

他意はない。彼は親切心を発揮しただけだ。効率を重視したともいう。何ていっても自分たちは正式な夫婦なのだから。

ここで恥ずかしがってはだめだと必死に表情筋に言い聞かせ動揺が面に出ないようにした。膝の下に腕を通され横に抱きかかえられ運ばれる間ずっとドキドキしていたのだが。

だって、ベルナールの胸に頬があたるのだ。存外に逞《たくま》しく、それに意識を向けてしまう自分に激しく動揺した。触れられた箇所全てから彼の存在を感じ取ってしまうのを止められなかった。

これもそれも男性への免疫がないからに違いない。

奇妙な胸の高まりに襲われているルーリエとは違い、ベルナールは平素と変わらない涼しげな表情で正面を見据えていた。自分だけ落ち着かない気分なのがちょっぴり恨めしくなった。

到着した室内の長椅子にそっと降ろされたルーリエは、物珍しくてつい周囲に視線を巡らせた。

それを目に留めたベルナールが僅かに苦笑を漏らす。

「ここは私の研究室も兼ねている場所で、古い本をたくさん置いているせいで少々かび臭いんだ」

「勉強熱心なベルナール様らしいお部屋です」

壁の書架にはぎっしりと書物が詰まっている。どれも革の装丁で分厚い。別の棚の一部には瓶が並べられていたり、くるくる巻かれた一枚紙が積まれたりしている。古い羊皮紙や、比較的新しい紙など、年代もばらばらと見受けられる。

ベルナールは机の上に広げてあった紙をルーリエに見せた。

「ルーリエの腰に刻まれていた魔法陣だが、結論から言うと、あれはあなたの体内に黒い霧が蓄積され続ける……呪いのような類のものだ」

「――……っ⁉」

驚愕したルーリエを気遣うような視線を向けたあと、ベルナールが静かに言葉を重ねる。

「この魔法陣は黒い霧を吸い取る効用を持つ。ラヴィレでは数十年に一度、黒い霧が多く発生する。今その周期の真っただ中だ。そのためラヴィレに住んでいたルーリエはその身に刻まれた魔法陣の作用によって黒い霧を体内に取り込み続けていた」

「では……わたしの体調不良の原因は……」

答えなど分かり切っているはずなのに。

喉がからからに渇いていた。頭の奥で鐘がガンガンと鳴っているかのようだ。考えたくない。何も知りたくない。嫌だ。怖い。

でも――。

聞かなければならない。知らなくてはいけない。

「光の精霊は原初の精霊とも呼ばれる偉大なる存在だ。彼らが常闇を取り払うことで、この世界に生命が宿り様々な動植物、そして人間が誕生した。この世界の創世記だ。光の精霊が浄化しきれなかった闇、それが瘴気と呼ばれるものの正体だ」

それは物心ついた頃に誰しもが聞かされる神話。始まりの物語だ。

光と闇は表裏一体で、光の精霊たちであっても、全ての闇を消し去ることはできなかった。それらの一部が瘴気としてこの世界に現れる。黒い霧と呼ばれる瘴気を浴びれば、植物は枯れ動物や人間たちは衰弱し、やがて死んでしまう。

「あなたはラヴィレに漂う瘴気を吸い続けていた。この魔法陣が刻まれている限りずっと、だ。衰弱するのも無理はない。通常の人の身では一年も持たなかっただろう」

「わたしが体調を崩したのは、十四歳の頃です。症状はゆっくり進行しました」

「それはおそらく、ルーリエがミラジェス公爵家の出身だからだ。そして、光のいとし子と呼ばれるにふさわしい浄化能力の持ち主だった。だから通常の人間よりも長い間瘴気に耐えることができた」

その昔、精霊たちは人々の前に頻繁に姿を現していたと伝え聞く。人間と交流し、中には伴侶に迎える例もあったのだという。

俗にいう異類婚姻譚《たん》である。それらの伝承は世界各地に残されている。

その事例として、シエンヌ王国で知られているのがミラジェス公爵家だった。

その昔、光の精霊と交わった一人の娘が子供を産み落とした。それが公爵家の始祖である。

以来ミラジェス公爵家は光の精霊の血が絶えぬよう守り伝えてきた。公爵家に連なる四つの分家を作った。歴代の当主は一部の例外を除き、この分家に生まれた娘の中から強い力を持つ者を選び妻に迎える。

「そして、この魔法陣を刻んだ人間だが……、ミラジェス公爵家の誰か、だろう」

「！」

ああやっぱり。それが最初の感想だった。

ルーリエの素肌に触れることのできる人間など限られている。宮殿の人間か、ミラジェス公爵家の人間か、そのどちらかに属する誰かだろう。漠然とそのように考えていた。

ショックではあるけれど、事実はそれとして受け止めなければならない。

「先日も言ったが、この魔法陣には広く汎用している文字列とは違う系譜のものが多く使われている。古語が多い。これは呪いの系統をまとめた本だが――」

と、ベルナールが書架から分厚い本を取り出し頁《ページ》をめくった。ルーリエの腰に刻まれていた魔法陣を構成する文字列は、広く汎用するどの系統の術式にも当てはまらないのだという。

呪いの系譜をざっくり説明したベルナールは、今度は別の書物を取り出しつつ話を進める。

「この国の精霊殿がミラジェス公爵家と密接に関わっているのはあなたも知っているだろう？」

「ええ。光の精霊の血を引くため、昔から多くの娘たちが精霊殿に預けられました。そしてそこに住まう聖女たちと一緒に王国各地に出向き、黒い霧の浄化に当たってきました」

光の精霊の血を引くミラジェス公爵家所縁の娘たちとは違い、生まれる際に光の精霊から祝福を授けられたとされるのが聖女だ。

彼女たちもルーリエたちと同じ浄化能力を有するが、持つ力には差があった。

光のいとし子は聖女十人分の力を一人で発揮することができる。それほど強い力を示して光のいとし子と呼ばれるにふさわしいのだ。

「この国の光の精霊信仰は、周辺国に比べても強い傾向にあるな。これもミラジェス公爵家に生まれる光のいとし子の力が身近な存在としてあるからだろう」

「公爵家は精霊殿への寄進《きしん》も多く行っていますし、神官として仕える男性もそれなりにいます」

分家、本家を問わず、家を継がない立場の男性の身の振り方の一つであった。つまりは男女を問わず、ミラジェス公爵家に生まれた者たちは古くから精霊殿と密接に関わっているのだ。

ベルナールがルーリエの隣に着席した。

「精霊殿で使われる魔法陣の中には、ミラジェス公爵家から授けられた光の精霊由来の魔法が使われることが多い」

それらを書き写した一部だという書物のページをめくりながら、ベルナールはルーリエの腰に刻まれていた魔法陣を描き写した紙の一部を指でとん、と示す。

「ここところ、同じ癖が出ているだろう」

「ええと……同じ文字が書かれていますね」

あいにくと魔力を持たないため、魔法の知識はざっくり大まかなものしか有していない。

光の精霊の血を引くとはいっても、浄化能力と魔力は別ものだ。ミラジェス公爵家にも魔力を有する人間が生まれてくるが、こちらはほぼ男性に限られる。

浄化能力を有する人間に魔力が発現しないといった方が正しい。そのため、聖女たちも魔法を使うことはできない。

「瘴気を体内に取り込むやり方など、私は初めて見た。ミラジェス公爵家だからこそ持つ知識を使い施《ほどこ》されたものだろう」

「このような魔法があるなど、わたしも初めて知りました」

「あなたが体調を崩したのは十四歳の頃だったな。その頃に誰かに素肌を見せたことはあったのだろうか?」

「入浴や着替えで肌を晒すのは当たり前のことで……それ以外に何か……」

ルーリエはその頃の記憶を辿った。将来王太子妃になるために必要な勉強と光のいとし子としての王都浄化活動で生活が占められていた。

宮殿に住んでいたルーリエが立ち寄る場所といえばラヴィレに建つ精霊殿であった。

聖女たちが暮らす精霊殿には大きな沐浴《もくよく》場があり、定期的に儀式が行われる。

「そういえば……一、二度、沐浴の終わりにマッサージを受けたことがありました。浄化や王太子教育でお疲れでしょうから、と。背中やふくらはぎなどを解してもらって、とっても気持ちよかったのを覚えています」

香りの良いオイルが鼻腔《びこう》をくすぐり心も解けた。やはり疲れがたまっていたのだろう、マッサージのあとは体が軽くなった。あの時は薄布を巻きつけただけで、施術中は背面をさらけ出していた。

「この件の重要参考人として調べる必要があるな。しかし、突然精霊殿に問い合わせれば、どこにいるかも分からない犯人に伝わる恐れがある。この件の調査は私に任せてほしい」

「分かりました」

ルーリエは素直に頷いた。

「この魔法陣自体は一般的な法則に則《のっと》ったもので、私でも解呪は可能だ」

「本当ですか？」

てっきり解呪は不可能だと思っていた。目を丸くすれば、ベルナールがしっかりと頷いた。

「ただし、相手に解呪が悟られないよう、通常よりも複雑なやり方で行う必要がある。時間と手間を要するが、犯人が不明である以上慎重にことを進めたい」

「それは……もちろんです。ベルナール様のお手間でなければ、よろしくお願いします」

「手間なわけがあるか。原因不明だった衰弱症の正体が分かったんだ。あなたのことは私が助ける」

強い口調だった。憤っているのだろう。

隣に座るベルナールと、ずっと支えてくれたクララ、二人の存在を強く胸に刻む。自分のために感情を露《あら》わにしてくれることが嬉しかった。

「準備ができ次第、解呪に入る」

「よろしくお願いします」

もう一度頭を下げれば、ベルナールが顔のこわばりを解いた。

「リーゼンマース領は幸いにもここ十数年瘴気の発生が確認されていない。あなたの静養にはもってこいの場所だ。ラヴィレの黒い霧は、あなたの従妹ビアンカ嬢と精霊殿の聖女たちで浄化に当たることになると聞いている。人員も潤沢だそうだ。今のあなたは自分の体を第一に考えてほしい」

「そのように言われたのは……初めてです」

ルーリエは光のいとし子と呼ばれるにふさわしいほどの力を持って生まれた。

人よりも高い力を持つ者は、それを人々に還元しなければならない。幼い頃からそう教わってきた。

だから病に倒れた時は悲しくもあった。役立たずと言われるのが怖かった。

つい、そのようなことをぽそぽそ零《こぼ》せば、ベルナールは柔らかく目を細めた。

「誰か一人が過度に負担を背負うようなやり方はあまり好まない。あなたの力は確かに強いし、皆が頼りたくなるのだろう。けれど、今のルーリエは弱っているんだ。そういう時は、ゆっくり休んでいいんだ」

「……いいのですか？」

ベルナールの言葉が胸の奥に染み込んでいく。

（そういえば……昔お父様にも同じようなことを言われたことがあったわ）

たまには休めと優しく頭を撫でてくれた。

あの時と同じように、温かなもので胸が満たされるのが分かった。

「もちろん。ここは平和な土地だ。私は健康を取り戻したあなたにエトワルムの街を案内したい。夫の希望を叶えてくれないか？」

「もちろんですっ！　わたし、しっかり健康になります」

勢いよく宣言すれば、ベルナールが相好を崩した。

彼が笑ってくれたのが嬉しくて、ルーリエも微笑んだ。

リーゼンマース領の空気はルーリエに合っているのだろう。質の良い睡眠と栄養価の高い食事を合わせた規則正しい生活のおかげで、毎朝すっきり目覚め体の調子もすこぶる良い。

朝起きると心も体も軽くて「今のわたし、何でもできるかも？」と妙な自信に溢れる。最近、健康って素晴らしいと感じ入るのが日課になりつつある。健康とはそれだけで人をプラス思考にするのだ。

さて、そのような自己肯定感高めな精神で臨んだ歩行訓練だったけれども――。

「まさか……こんなにも足の筋力が衰えていただなんて」

ルーリエは非情な現実に愕然《がくぜん》としていた。

寝台の上で行う関節マッサージと足の運動を経て、今日から歩行訓練を始めた。ベルナールの補助のもと、床に足をつけ一歩、また一歩と足を動かしたのだが、そのたびにふらついた。何度も体が傾いで、そのたびに彼に支えられた。

生まれたての小鹿の方がましかもしれない。生まれて十八年も経過しているのにこの惨状。ショックだった。

「あなたはずっと寝たきりだったんだ。その間に使っていなかった骨や筋肉が弱ってしまった。だからあまり気落ちしてはだめだ」

「分かってはいるのです。けれど……」

ルーリエはぎゅっと唇を噛みしめた。

黒い霧の影響下から抜け出し、体の自由が利くようになった。だから以前の生活に簡単に戻れると楽観視していた。

自由に歩き回っていた頃の記憶があるから余計に歯痒く感じる。

「大丈夫だ。衰えた筋肉は鍛えればいいんだ。だが、急に負荷をかけてはいけない。ゆっくり、今のあなたのペースに合わせて進んでいこう。私がついている」

ベルナールがゆっくり話しかけてきた。

きっとルーリエの焦燥を感じ取ったのだ。

「でも……。ベルナール様にもご迷惑を……。今だってお仕事を中断してわたしの歩行訓練につき合ってくださっていて」

「訓練中は何が起こるか分からないから、あなたを支えられる男手があった方がいいと思ったんだ。これからもできる限り訓練にはつき添う」

「ベルナール様だってお忙しいのに」

「これでも要領はいい方なんだ。決済しなければいけない書類には目を通してきたから心配しなくていい」

ベルナールが柔和に目を細めた。

彼に励まされて、もう一度室内を一周歩いた。たったそれだけのことが長く感じる。

何度もよろけて、そのたびにベルナールが体を支えてくれた。

「……少し歩いただけで息が切れてしまうだなんて」

「最初は仕方がないことだ」

悔しくて苦しい。じわりと涙が盛り上がるのを必死に耐えた。

言葉少ないルーリエに何かを感じ取ったのか、ベルナールがルーリエをひょいと横抱きにした。

降ろされたのは室内に置かれてある長椅子の上だ。二人で横並びに座る。

「小休憩を取って、それからもう一度歩いてみよう。クララ、何か飲み物を用意してくれないか?」

「はい！　ルーリエ様、いえ、奥様がお好きな温めたミルクを用意しますわ。蜂蜜もたっぷり入れましょう」

クララが勢いよく頷いた。

「そうか。あなたは蜂蜜入りのミルクが好きなのか」

「え、あ……はい。小さな頃から、よく飲んでいたのです」

温かくて甘くて飲むと心がホッとするのだ。それは成長しても変わらず、宮殿に上がって以降もたびたびクララが用意してくれた。時には宮殿の侍女たちが持ってきてくれることもあった。

「他にはどんなものが好きなのだろうか」

「ええとですね……好き嫌いはあまりない方でして……。しいて言うなら、ケーキなどでしょうか」

ベルナールから熱いほどの視線が注がれているのを感じ取って、しどろもどろになった。

これは自意識過剰なだけだろうか。でも、彼の藍色の双眸《そうぼう》にルーリエが映っていて。

頬だけでなく、体までもぶわりと熱くなる。おかしい。つい先ほどまで室内は適温だったはずだ。

「ベルナール様、何か魔法を使いました？」

「どうして？」

「室内を温める魔法をお使いになられたのではないかと思いまして」

ベルナールがこちらに顔を近付けた。

ルーリエは小動物のようにきゅっと肩を震わせた。近い。近すぎる。端整なお顔が至近距離にあって、呼吸がままならない。

ルーリエの額に、ぴたりとベルナールの手のひらが当てられる。

「熱はないようだが……顔が赤い」

「ぴゃっ！」

思わず変な声が口から漏れた。

自分のそれよりも大きくて、少し硬い指の感触にどうしていいのか分からなくなる。

イグレンと手を繋いだことは……大昔にあった。成長してから何度かエスコートをされたこともあったが、手袋越しであったしこんなにもドキドキしなかった。

(どどうしちゃったの、わたし)

扉を叩く音が聞こえ、ベルナールの意識が逸《そ》れた。

「お待たせしましました！」

手押しワゴンと共にクララが入室した。ワゴンの上には銀製のポットとカップが置かれてある。小さな陶器の入れ物の中には蜂蜜が入っているのだろう。

何はともあれ助かった。ルーリエは浅い呼吸を繰り返した。

「ありがとうクララ。さあ早く飲みましょう。ええ、ごくごく飲むわよう」

「はい。すぐに準備しますね。蜂蜜はご自身で入れられますか？」

「もちろん！」

自分の中に湧き起こった妙な気持ちを取り払うべく勢いよく立ち上がったルーリエは、しかし足に力が入らずに、がくんと前につんのめりそうになった。

「危ない」

即座にベルナールが腕を伸ばした。彼の腕の中に閉じ込められるような形になってしまい、ルーリエはかちこちに固まったのだった。

歩行訓練開始から三日が経過したのち、ルーリエはベルナールより腰に刻まれた魔法陣を解呪するための準備が調ったのだと告げられた。

魔法陣に関する件は、ひとまず二人の間での機密事項である。犯人に解呪の事実が漏れるのを防ぐための措置だ。

(寝室に男性を招き入れるのは……いけないことをしている気分になるわ)

正式な夫婦なのだから、何も悪いことはしていないはずなのに、現状夫婦とは名ばかりで別々の部屋で寝起きしているため、このように思うのかもしれない。

この件はクララにも内緒のため、彼女を下がらせた夜に解呪を行うことに決定した。

(体調を崩した当初は、イグレン殿下や叔父様がお見舞いで寝室まで訪れたことだってあったのに……)

最近自分の心がよく分からない。

彼を待つ間、無駄に頬が熱くなったり胸の鼓動が速まったりするのは、日中ベルナールと散々密着したことに一因があるのかもしれない。

けれども日中の密着は歩行訓練のため不可抗力だ。思い通りに動かない足を叱咤《しった》し、強がりを発揮し、つい無理をしようとするルーリエの行いが原因ともいえる。

結果、転びそうになるたびにベルナールが支えてくれる。その時は必死なため気にならないのだが、休憩時にはたと思い出して、一人で過剰に意識してしまう。

トントントンという扉を叩く音に、猫が尻尾をピンと立てるかの如く反応した。

数秒後、控えめに扉が開かれた。荷物を抱えたベルナールが入室する。

寝間着姿のルーリエとは違い、彼は上着を身に纏っており昼間と変わらない出立《いでた》ちだ。

「夜分にすまない」

「いいえ。こちらの方こそお時間を割いてくださってありがとうございます」

ベルナールは持ってきた荷物を丸テーブルの上に置き、てきぱきと準備を整える。

その涼しげな横顔を眺めていれば、ルーリエの心は落ち着いていった。変に意識をしているのは自分だけだったようだ。何か、居たたまれなくなった。

「ルーリエ、これを纏ってほしい」

大きな布の塊を渡された。羊毛でできたずっしりとしたそれを両手で広げてみる。丈の長いケープだ。

「これは……？」

「私の外套《がいとう》だ」

どうしてそんなものが今必要なのだろう、という疑問は次の彼の言葉で解消された。

「治療の一環で患部へ魔法薬を塗る必要がある。寝間着を脱がなくてはいけないのだが……裸のまま治療を行うわけにもいかないだろう」

熟考の結果ケープの使用を思いついたのだと彼が続けた。

なるほど……と納得したが、よぉく考えればとんでもなく恥ずかしい。

「……」

「……」

室内がシンと静まり返った。

これは予想していなかった。彼に素肌を晒すのは調査の時の一回だけかと思っていた。だから勢いでできた。

術者に解呪した事実を隠すために、治療は複数回に分けて行われる予定だ。

このような手順を踏むことになったのは、ベルナールがルーリエの身の安全を考えてくれているからでもあって。

(そうよ！　恥ずかしがっている場合じゃないわ。ベルナール様はわたしの治療につき合ってくれているのだもの。変に意識するのがいけないのよ！)

よし、と覚悟を決めたルーリエはまずケープをすっぽりとかぶった。

ケープで体を隠しつつ、その中で寝間着を脱げば効率的ではないかと考えたのだが、後ろボタンだったことを失念していた。

四苦八苦しながら三つほど外したあと手が届かなくなったため、白旗を上げた。

ベルナールにボタンを外してもらいケープの中で器用に寝間着を脱いだ。

ケープに覆われた上半身は完全に裸で、下半身のみ下着をつけている状態だ。腰に布地があたらないよう位置を少し下にずらしたのが、やたらと恥ずかしい。

ルーリエは寝台の横に置いた、ひざ高スツールにちょこんと腰かけた。

「あの……。よろしくお願いします」

「それでは始める」

ケープの後ろ側をベルナールがめくり上げ、何かを押し当てる。布だろうか。ひんやりして思わず
「ひゃっ」という声が漏れ出た。

ベルナールの低い魔法詠唱の声が聞こえてきた。足元に魔法陣が浮かび上がる。そして二人の周囲に淡い光がきらりと生じる。

自身に魔力がないためルーリエの魔法知識は初歩止まりだ。ベルナールが紡ぐ言葉をところどころ拾うも、何か複雑な術式を口にしていることしか分からない。

ルーリエはそっと目を閉じた。静かな声は湖面を撫でる優しい風のようだ。腰の低い位置に押し当てられたものがじんわりと温かくなった。

ほどなくして詠唱が終わり、魔法陣も消え去った。

「今日の施術は終了だ。あなたに刻まれた魔法陣の効力をこれに吸い取らせていく」

そう言ってベルナールはルーリエの患部に当てたものを見せてくれた。予想の通り布で、そこにはうっすら黒い模様のような染みが浮かんでいた。

「この染みがルーリエの体に刻まれていた魔法の力だ」

「なるほど」

布には当初特殊な材料で作られたとろりとした溶液が塗られていた。それがベルナールの詠唱でルーリエの体に刻まれた魔法陣に染み込んだとのこと。そして魔法の力を吸収し、黒い模様として布に転写されるのだという。

「分かりやすくいえば、薬を使い布に染み込んだ油汚れを浮かせるようなものだ」

ベルナールは洗濯番の仕事にも精通しているらしい。今度洗濯室で油汚れを落とすところを見てみたいと思った。

「根気のいる作業になる。おそらく二ヵ月ほどかかると思う。あなたの負担になるが、しばらくの間辛抱してくれ」

ルーリエはゆるゆると首を振った。

「わたしの方こそお礼を述べさせてください。ベルナール様の夜のくつろぎの時間をわたしのために使ってくださりありがとうございます」

「いいんだ。あなたは……私の妻なのだから」

ベルナールは僅かに視線をずらしながら素っ気なく言った。

コルツェン城に移り住んだのが初月の終わりで、二番目の月である越冬月も半分以上が過ぎた。

寒天に吹きすさぶ風の冷たさに身をすくませる季節だが、室内は温かく保たれているため寒さとは無縁だ。

今日も今日とて体力回復に余念のないルーリエは、一人で立ち上がった。

「さて、と。クララたちがいないうちに少しでも訓練をしなくちゃ」

毎日の歩行訓練のおかげで、歩ける歩数は着実に増えていた。今では一人きりで歩けるようにもなった。まだたくさんの歩数は無理だけれど。

それでも、回復基調の頃は午後の数時間は横にならないと体が疲れを訴えていたのに、今では日中ずっと起きていても疲れなくなっていた。

「クララもベルナール様も過保護なんだから。もっともっと頑張らないと、普通の生活には程遠いわ」

やって来たのは中央の大階段だ。真下には玄関ホールが広がっている。

昨日から階段の昇降訓練を始めた。平らな床の上とは違うため、足ががくがくと震え何度かバランスを崩した。

時間をかけて一階分上ったところで、今日はここまでとベルナールに言われた。

二人がルーリエのことを心配してくれるのは十分理解しているのだが、正直物足りなかった。体力だってついてきた。あとはひたすら訓練あるのみだ。

おあつらえ向きに、現在クララは休憩中でベルナールは外出をしている。

この隙に自主訓練に励もうと考えた次第だ。

ルーリエは手すりにしっかりつかまりながら一歩踏み出した。下りる時に曲げた膝がいささか痛む。

どうやら上るよりも下りる方が負荷がかかるようだ。これも訓練の内だと、一歩一歩着実に進んでいく。あと五段。あと二段。心の中で数をかぞえた。

階下に到着し呼吸を整えたのち、今、下りた階段を上り始める。ゆっくり時間をかけて足を動かし、どうにか一往復達成した。

「やったわ！　わたし、やりきったわ」

胸の中を達成感が広がっていく。ほんのひと月ほど前は死にかけていたのだから驚嘆に値する。けれども、衰弱症に陥る前のルーリエは階段の昇降は軽々と行っていたし走ることもできた。自由に動けた頃の記憶がある分、現状がとても歯痒い。

「もっと頑張らないと。早く元の生活に戻りたい」

もう一往復しよう。もう一度階段を下り、再度上り始める。大丈夫、上手《うま》くいっている。頑張れば明日にはもっともっとできることが増えるはず。

三往復目に挑戦しようと、呼吸を整え、足を踏み出しかけた。

階下の玄関扉が開いたのはちょうどその時だった。

（ベルナール様が帰っていらっしゃったわ！）

まずい、と思った。玄関ホール内に入ってきた彼がおもむろに視線を上に向けた。

ルーリエとベルナールの視線が絡み合った。

「あ……」

気が逸れたせいなのか、膝から力が抜け落ち体が前に傾いだ。力が入らない。落ちてしまう。

「ルーリエ！」

ベルナールの叫び声が聞こえた。

思わず目をつむった。自分を襲うであろう衝撃を覚悟する。

真下からぶわりと空気の流れを感じた。

柔らかな風がルーリエの体を包み込んだ。室内に突如吹いた風に窓や扉がガタガタ揺れ動く音を耳が拾う。

「ルーリエ！」

もう一度名を呼ばれた。その直後、ルーリエは両腕を伸ばしたベルナールの腕の中へ着地した。

ただし纏う風に勢いがあり、着地というより突撃という方が正しかったのだが。

気付けば眼前にベルナールがいた。というか、彼の顔に自分のそれが当たっていた。

「！」

唇に何かが触れている。鼻と鼻がほぼくっついている。

二人は目を見開いたまま、微動だにしなかった。

だがそれも一瞬のことでベルナールが先に動いた。胸の中にすっぽり収まったルーリエを、彼はぎゅっと抱きしめたのだ。

（今……もしかしなくてもわたし、ベルナール様と口付け……た？）

背中に回された両腕に力が込められるさなかに思い出すのは、彼と一瞬触れ合った唇の感触だった。甘さを感じる余裕などなかった。あれは事故だ。ただの接触事故である。

それなのに生まれて初めて異性と唇を重ねたという事実がじわじわと頭の中に浸透するにつれて息が苦しくなる。

口付けの相手であるベルナールは、ルーリエの体をぱっと離し、瞳を覗《のぞ》き込む。それから何か異変がないかと体の前後左右、入念に目視する。

「怪我《けが》はないか？　どこか痛むところは？」

「だ、大丈夫です！　ベルナール様が魔法……ですよね？　で、助けてくださいましたから」

口付けの事実に頬をみるみるうちに染めたルーリエに対し、ベルナールは何も感じていないのか、平素の顔色のままだ。むしろ、その表情がどんどん険しくなっていくような。

「ルーリエ。あなたは先ほどあそこで何をしていたんだ？　見たところ一人きりだったようだが」

真冬の湖に吹く厳寒の風を思わせるような声だった。

藍色の双眸に射止められたルーリエは思わず身震いをした。

「それは……あの、ええと。……体力づくりの訓練を……していました」

恐ろしくてベルナールと顔を合わせることができない。誤魔化《ごまか》すことはできないと判断し、正直に答えた。

「クララも付けずにか？」

「彼女は今……休憩中ですので……」

ルーリエはつぅっと視線を逸らした。

直後、ベルナールが「ルーリエ」と低い声を出したため、反射的に目をつむった。

「階段での昇降訓練は足への負担が大きい。どうして一人きりで無茶をするんだ。一歩間違えば……私が間に合わなければ、あなたは大怪我をしていた」

ベルナールの声は身構えたほどに強くなく、むしろどこか必死で余裕がなかった。

そして再びぐいと彼の胸の中に引き寄せられる。切なげに震える吐息が耳朶《じだ》にかかり、どれだけ彼が心配したのかが伝わってきた。

「心配かけてごめんなさい……。わたし、必死で。もっと早く昔のように動けるようになりたくて。それで……そのためには練習頑張らないとって……そう思って」

焦っていた。元気だった頃に戻りたい。ちょっと無理をしても今の自分なら平気。そう過信していた。

「一日でも早く元の生活に戻るためには、もっと体を動かして慣れるしかないって……」

「気が急《せ》いてしまう気持ちは理解できる。ただ……、私の知らないところで無理をしてほしくない。万が一あなたが怪我をしたら……。そう考えるだけで胸が苦しくなる」

ベルナールの手のひらがルーリエの頬を優しく包んだ。こちらを見つめる双眸の中に浮かぶ心痛の色に、改めて彼がどれだけ自分に心を砕いてくれているのかを理解した。

「一人で無茶をしてすみませんでした」

だから素直に自分の非を口にすることができた。

「すまない。強い言い方をしてしまった」

「いいえ、そのようなことはありません」

ルーリエは頭を振った。今回の件はルーリエの軽率な行動がよくなかったのだ。

「ルーリエ、これから私につき合ってくれないか？」

そう言ってベルナールがルーリエをひょいと抱き上げた。

彼は僅かに顔を後ろへ向け、玄関ホールの隅に控えていた従者の男性に「温めたミルクをいつもの場所まで運んでくれ」とだけ言った。従者はそれだけでベルナールの意向を理解したようだ。小さく首肯したのち離れていった。

「え、あの？　ベルナール様？」

ベルナールが階段を上り始めたため、ルーリエは上擦った声をだす。

彼は二階を素通りし、そのまま最上階へ到着した。

「あの……どちらへ向かっているのですか？」

「もう少し内緒にさせてくれ」

柔らかな声が落ちてきて、ルーリエは何も言えなくなる。

ベルナールは最上階の通路奥へと進み、別のらせん階段を上り始める。城の塔を上っているのだと理解した。

ルーリエを抱きかかえたまま階段を上り続けているというのに、ベルナールは息を乱すこともない。イグレンは彼のことを引きこもりだと揶揄《やゆ》していたけれど、彼は体も鍛えているのだ。でなければ、軽いとはいえ成人女性を抱きかかえたまま階段を上り続けて平然としていられるはずがない。

その体力が今は羨ましい。

前を見据えるベルナールをそっと見上げる。いつの間にか彼に触れられることに慣れていた。それどころか不思議と安心している。自分の気持ちに戸惑うのは、先ほど意図せず唇が触れてしまったからかもしれない。

(でも……、気にしているのはわたしだけかも)

ベルナールは相変わらず涼しげな表情のままだ。あれは意図せぬ偶発的なものだったから、数の内に入らないのかもしれない。

そうだとしても、わたしは覚えているのに。胸の奥が少しだけちくりとした。それを抑えるかのように目をつむった。

「到着した」

両手が塞がったベルナールが魔法を使うと、木製の扉がギイッと音を立てながら開いた。

「ここは?」

「私の隠れ家だ。気に入りの場所で、移り住んだ時からしょっちゅうここで本を読んだり思索にふけっていたりした」

室内はそう広くはなかった。あまり手を加えていないようで床は木目がむき出しになっている。古びた円卓と椅子が二脚置かれ、隅には木箱が数個積まれている。それを棚代わりに使っているのか、無造作に本が数冊散らばっている。

ベルナールが部屋の奥、窓辺へ歩く。

「気が塞いだ時に、ここから外を眺めると気が紛れる」

「わあ……。ずっと向こうの、森の奥まで見えるわ」

下ろしてもらったルーリエは窓からの眺めに見入った。

小高い山に建てられたコルツェン城の中で、さらに高い塔の上ということもあり、はるか遠くまで見渡すことができる。

眼下に広がる茶色の屋根はエトワルムの街だろう。リート川が街に沿うように蛇行している。

街の外に広がるのは茶色の土がむき出しになった麦畑。牧草地帯は冬枯れのせいか薄黄色で、細いあぜ道に沿って木々が植えられている。

鳥たちはこのような雄大な景色をいつも見ているのだろうか。

自分がとてもちっぽけな存在になったように思えた。それに世界の何と大きなことか。

ルーリエは思わず手を伸ばしていた。

これまで小さな世界しか知らなかった。

でも、その外側にもたくさんの世界があって。こうして大地は繋がっている。

ベルナールが定期的にこの場所を訪れるのも分かるような気がした。

その彼が別の小窓を開けた。両手を外に出し何か作業をするかのように動かす。

引っ込めたその手にはバスケットが握られていた。

「こちらの窓の上には滑車が取りつけられているんだ。私がここに籠ると長くなるのを知っているから、アティリオが軽食やら飲み物やらを運んでくれるんだ」

先ほど何事か頼んでいた従者の名である。

まだ要塞として使用されていた時は見張り役への物資運搬に使われていた滑車は、時を経た現代では、城主が使用している。まさか城主の隠れ家になるとは、先人たちも驚きであろう。

円卓の上に置いたその中からベルナールが取り出したのは陶器のポットとカップ。ポットの中に入っているのは温かなミルクだ。蜂蜜もあった。

ベルナールが器用な手つきでカップにミルクと蜂蜜を注いだ。

窓の近くに運んでくれた椅子に二人で座った。手の中にはホットミルクがある。ゆっくり口をつけてみる。ほんわりと甘い味に心が解かれていった。

「傷や骨折などの外傷は回復魔法で塞ぐことはできるが、なくなってしまった体力や筋肉を元の量まで増やすことはできない。地道な訓練と根気強さが必要だ」

ベルナールが静かに語り始めた。

ルーリエは黙ったまま頷いた。魔法は万能ではない。無からものを生みだす行為は神の御業《みわざ》である。

「あなたが人一倍努力家だということは知っている。ラヴィレの浄化活動に勤しむ姿や将来王太子妃になるために熱心に勉学に励んでいるのだという話は、私の耳にも届いていた。あなたの勤勉さは美徳だが、こと訓練に関しては毎日の量を増やせばいいというものではないんだ」

一度に負荷をかけすぎるとかえって体の負担になる。今度は体の別の筋や筋肉が不調に陥ることもあるのだとベルナールが続けた。

その話を聞きつつ、ルーリエが気に留めたのは――。

「わたしのこと……ご存じだったのですか？」

「もちろん。あなたは覚えていないかもしれないが、一度挨拶も交わしただろう？　あれは確か、あなたがまだ九歳か、八歳の時だった」

「お、覚えています！　王家の皆様方のお茶会に招かれて、とっても緊張していて、ガチガチに震えていたんです。そうしたらベルナール様が優しく微笑んでくださって」

「あの時のあなたは子供ながらにとてもしっかりした口調で、膝を折る姿もとても堂に入っていた覚えがある。むしろ、従姉妹《いとこ》たちの自由さにひいていないか私の方が心配していた」

ベルナールがくすっと笑った。

共通の思い出に嬉しくなった。てっきりルーリエだけが覚えているのだとばかり思っていた。

彼の印象に残っていたというのなら、何度も挨拶の練習をした甲斐《かい》があったというものだ。

「王女様方も部外者のわたしに親切にしてくださいました」

当時を懐かしむように目を細める。三人の王女たちは元気が良かったというより、身分が上の者特有の歯《は》に衣着《きぬき》せぬ言動に翻弄されることが多かったという印象だ。

「あれ以降、あなたと直接会うことはなかったけれど、折に触れてあなたが頑張っている姿は目にしていた。たくさんの責務に、あなたが押しつぶされてしまわないかと、憂慮していた」

「え……」

きょとんとすると、ベルナールが早口でまくし立てた。

「いや、第三者から勝手にこのような気持ちを持たれてもいい思いはしないな。すまない、今のは忘れてくれ」

「あ、あの……。ベルナール様がわたしのことを心配してくださっていたとは露ほども思わず……。けれど、その……誰かに気にかけてもらえるというのは、嬉しいものですね」

本当は、ベルナールに気にかけてもらえていたことが、と言いたかったのだが、それでは直接的すぎて恥ずかしい。

ちらちら彼を窺《うかが》うと、口の端を持ち上げる様子が目に入り、胸の奥がきゅっと音を立てた。

どうしよう。直視できない。ルーリエは慌ててホットミルクに口をつけた。

普段よりも甘く感じるのは、空を飛んでいるかのように心がふわふわしているからだろうか。

ベルナールが優しい口調で続ける。

「ここから見える範囲全部がリーゼンマース領だ。初夏になれば下を流れるリート川が陽《ひ》の光に照らされて美しく輝くんだ。その頃にはあなたは今よりも体力が戻っている。そうしたら一緒に釣りに行こう。野いちご摘みでもいい。牧場に行けば子羊たちにも会える」

「わたし……今よりも体力が戻って、どこにでも行けるようになっているでしょうか」

「ああ。あなたは着実に回復している」

「もしも今よりももっと元気になったら……。一緒に釣りや野いちご摘みをしてくれますか？」

ルーリエは恐る恐る切り出した。そういう行為とはこれまで縁がなかった。彼と一緒なら楽しいに違いない。

「あなたが嫌でなければ、ぜひ案内させてほしい」

「約束ですよ！　絶対に、絶対に行きましょうね！」

即答が返ってきて、気付けば身を乗り出していた。

ベルナールが微笑んだ。

「あなたも、これからは無理をしないことを約束してほしい」

「はい。約束します」

秘密基地に二人きり。互いに微笑を交わし合った。

「そなたの結婚は喜ばしいことだが……。我が息子のやらかしたことを思えば、そなたには謝罪の言葉しか出てこない。すまなかったな、ベルナール」

「いいえ。甥とはいえ、国王陛下が臣下に頭を下げるべきではありません。それに、殿下がルーリエ嬢の下賜相手に私を選んでくださったことは……。悪いことではなかったと」

王都ラヴィレに鎮座する宮殿の、国王が私的に使用する室内にて、うっかり本音を垂れ流しそうになったベルナールは慌てて言い直した。

艶やかなマホガニーの椅子に座るのは、伯父であるシエンヌ王レオナルドとベルナールの二人だけだ。侍従も下がらせている。

イグレンの突然の婚約破棄とベルナールとルーリエの結婚は、国王もあずかり知らぬ事案だった。事後報告として息子からこの件を聞かされ頭を抱えた王は、そろそろ落ち着いた頃合いだろうと、甥へ召喚状を届けさせた。

直接会って話がしたいと書かれてあったため、こうして参上した次第だ。

王との会談とはいえ、伯父と甥の間柄だ。堅苦しいものではない。

むしろ、息子のやらかしに対する謝罪という意味合いの方が強かった。

「ふむ……。そうか、ミラジェス嬢、いや既にハルディエル夫人であったな。彼女との婚姻はそなたにとって悪いものでもなかったか」

シエンヌ王が相好を崩した。王としての顔ではなく、甥を気にする親戚といった風情だ。

「ルーリエ嬢とは幼い頃に一度対面しています。お互いに見知らぬ仲でもありませんし……彼女にとっても、見ず知らずの男のもとへ嫁ぐよりもいくらか気を休めることができるのではないかと」

ベルナールはぼそぼそとつけ加えた。幼い頃を知る血縁を前にすると、己の感情全てを見透かされているようにも思えて気恥ずかしい。

「正直……此度《こたび》のイグレンの行いには失望した。まさかあのような状態のミラジェス嬢に婚約破棄を突きつけ、その上そなたに下賜《かし》するなどと言い、本人の承諾もなしに結婚させてしまうとは。これについてはミラジェス公爵にも責任の一端はあるが」

シエンヌ王の顔が陰った。

イグレンよりもやや濃い金髪には、白いものが増えた。口ひげも同様だ。顔には細かな皺《しわ》も刻まれている。息子の浅慮を憂うその容貌には隠しきれない疲れの一端が見える。

伯父は五十を超えているのだ、と何とはなしに思い浮かんだ。

「イグレンとミラジェス公爵の娘ビアンカ嬢は恋仲だと聞いた。それについても、言いたいことはあるが、今は控えておこう。とにかく、私はね、これまでのミラジェス嬢の献身に報いたいと考えていたのだよ。最後に正式に婚姻を交わすべきだとも」

ベルナールは緩みかけていた気を引きしめた。

衰弱症を発症し回復の兆しを見せないルーリエに対し、王は彼なりの誠実さでもってこれまでの働きに報いようとしていたのだ。王太子の婚約者という中途半端な肩書ではなく、王太子妃という身分を与えることで、これまでラヴィレの浄化を担ってくれた彼女へ謝意を示したいと。

寝たきりのルーリエの、あの状態を知っていれば、王がそのように考えても無理はない。

「周囲の所感も悪くはなかった。皆、ミラジェス嬢を評価していたからな」

我慢強くて頑張り屋なルーリエを、皆が認めていたのだろう。

彼女のことが褒められればベルナールの方まで誇らしい気持ちになる。

「過ぎてしまったことをとやかく言うのは良くないな。ミラジェス嬢は既にそなたの妻になった。それで……夫人の容体はどうなのだ？」

「……ええ。宮殿から移動させたことが体に良く作用したのか、今もコルツェン城で静養しています」

ベルナールは事実の一部を伝えた。正確には、宮殿から移動したことが幸いし、急回復して喜ばしいのだが、寝たきり生活だったため体の機能がすっかり弱っており、今もコルツェン城で静養しています、である。

シエンヌ王はベルナールの言葉を以前のルーリエの状況と結びつけ、沈痛な面持ちになった。

「そうか。そのようなさなかに呼び出して悪かったな」

「いえ、良いのです。私も彼女の看病のために宮殿での診察記録などを拝見したいと思っていましたから」

「そうだな。それがよかろう。宮廷医の記録が残されているはずだ。あとで侍従の誰かに用意するよう命じておこう」

「ありがとうございます」

彼女が死にかけていたのは、悪意ある誰かによって魔法陣をその身に刻まれていたことに起因する。ミラジェス公爵家に近しい者であることは確かなのだが、実行犯の特定には至っていない。

そのためルーリエが急回復したことがラヴィレの人々に伝わるのは時期尚早だ。いずれは知られることだが、魔法陣を解呪したあとにしたい。

「あれも数か月後には二十一歳になるというのに……。短慮なことだ。ミラジェス嬢との婚約破棄について、複数の者たちから非情だという声が上がっておる」

ベルナール自身イグレンに対して憤りを感じているのだが、結果としてルーリエが妻として己の隣にいるのだから複雑な心境である。

「そなたにも窮屈な思いをさせている。歳の近いそなたとイグレンが何かと比べられることが、イグレンの成長によくないのだと、王妃に訴えられて、そなたには我慢ばかりさせてしまった。そなたと距離を置けばイグレンも成長できるのではと期待したが……」

その先の言葉を濁してはいるが、期待するほどの成果が得られていないのだと、その顔が雄弁に物語っていた。

国王夫妻は長い間息子に恵まれなかった。

先に王弟ルニテエール公に男児が誕生したことも当時王太子妃であった現王妃の重圧になった。

現王妃がイグレンを出産した当時、宮殿は待望の男児の誕生に歓喜した。

特に現王妃のそれは一際強く、彼女はようやく授かったイグレンを溺愛した。

面白くないと感じたのは三人の姉姫たちだった。まだ幼い王女たちは、男児というだけで何においても優先されるイグレンに対して鬱屈を溜めた。

自分たちが蔑《ないがし》ろにされている。面白くない。好きで女に生まれたわけではないのに。たまに会う王女たちはベルナールに対していくらか本音を零した。

特に年の近い三番目の王女はイグレンにしょっちゅう突っかかった。そこで彼女が引き合いに出したのが従兄弟のベルナールだ。

彼女が弟に向けて放った「ベルナールの方が勉強もできるし剣の扱いだって上手だわ。あなたよりもよっぽど優秀だし、顔だってカッコいいし素敵だもの」という言葉に劣等感を刺激されたイグレンは、それ以降何かとこちらを目の敵にするようになった。

教師たちも歳の近いベルナールを引き合いに出すことで、イグレンのやる気を引き出そうとした。彼らは年上のベルナールを見習ってくれればと考えていたようだが、現実には彼の癇癪《かんしゃく》を誘引しただけであった。

泣いて訴えるイグレンを可哀《かわい》そうだと、現王妃が夫に直訴したため、協議の結果ベルナールはイグレンと距離を置くこととなった。

「私はのんびりさせてもらっています。魔法研究やら各地の視察やら。案外宮殿にいるよりも自由で楽しいものです」

ベルナールは微笑を浮かべた。

「そなたの働きには助けてもらっている。王国内の様子を見て回ったそなたの手紙は貴重な資料だ。今後はイグレンを支えてやって欲しいが……」

シエンヌ王はここでも言葉を濁した。

（イグレンは私を側に置きたがらないだろうな）

彼が己を目の敵にしていることは十分に理解している。歳が近いため、背丈や体格も似ており、式典や夜会で二人が並び立てば、少なくない令嬢たちの視線を集める。

華やかな場でベルナールが目立つことを嫌うイグレンが都度突っかかってくることに辟易《へきえき》し、引きこもりに拍車がかかったのも懐かしい話だ。

イグレンは人を好きか嫌いかに二分する傾向がある。このまま何事もなければ、その彼が将来国王の座を継ぐ。

そうなれば己の進退は彼のさじ加減一つだ。彼が権力を行使すれば、現実問題首が飛ぶ。となればルーリエもただではすまない。

幸いにもイグレンはベルナールのことを魔術好きの引きこもりだと考えている。できればこのまま彼とは距離を置き、一介の公爵として目立たず人生を過ごしたいものだ。

「すまぬな。このような話を聞かせるために呼んだのではない。経緯はどうあれ、そなたもようやく結婚したのだ。結婚祝いは何がいい？」

「結婚……祝いですか」

予期せぬ方向へ話が進み、呆《ほう》けた声を出した。

その声色を勘違いしたのか、シエンヌ王がやや急いでつけ足した。

「ミラジェス嬢の容体も安定せぬというのに不謹慎だったな。彼女にも何か、贈りたかったのだが」

「いいえ。お気遣いありがとうございます。快方に向かうよう、私も誠心誠意努めていますので、今はお気持ちだけ受け取らせていただきます」

「そうか。せっかくラヴィレに来たんだ。ミラジェス嬢の心が晴れるような土産を選んでやったらどうだ」

伯父としての提案に、ベルナールはしばしの間押し黙った。急な結婚だったため、彼女の身の周りの品々は圧倒的に足りない。母も何かにつけて王都から商人を呼びつけて、あれやこれや買い物をしていたことを思い出す。

ルーリエは何が好きだろう。何色が似合うだろうか。己が選んだ品々を受け取ってくれるだろうか。

考え始めれば、心が浮き足立つのが分かった。それが表情に出ていたのだろう。

目の前でシエンヌ王がそれを興味深そうに見つめていたのだが、それにも気付かずにベルナールは離れているルーリエを想《おも》い、そっと口元を綻ばせた。

伯父との歓談が解散になったのち、馬車寄せに向かって歩くさなかイグレンと鉢合わせた。

「おや、ベルナールじゃないか。引きこもり公爵が宮殿に何の用だ？」

イグレンは分かりやすく、会いたくない人物にかち合ってしまったという態度を向けてきた。

「……妻の静養の参考にするためにこれまでの診察記録を確認しに来ました」

「そういえば、ルーリエの容体はどうなんだ？　私が下賜した娘だ。万が一のことがあればおまえへの責任を問うことにもなりかねんぞ」

イグレンがにやにやと笑みを浮かべた。

国王譲りの金髪に灰緑色の瞳を持つ美青年が台無しになる表情である。

（やはりそういう魂胆だったか）

この従弟はどうしようもないほど、己に対して拗《こじ》らせた感情を抱いているようだ。

王からの下賜品を傷つけたとなれば不敬となる。叛意《はんい》ありなどと難癖をつける君主が過去に存在したこともある。似たようなことを行うつもりだったのだ。

ルーリエを物のように扱うその性根に怒りを覚えるが、今それをぶつける時ではない。

「コルツェン城の最奥にて静養させています」

ベルナールは内心を押し隠し返事をした。

「ふうん……」

「用件はそれだけでしょうか」

「ふん。まあいいさ。せいぜい僕からの下賜品を大切にするんだな」

吐き捨てるように言い、イグレンは立ち去っていった。

国王の計らいによりベルナールはルーリエの診察記録を手にすることができた。

記録の精査や調査などのために王都滞在をするさなか、それを聞きつけた両親が移動魔法陣を使い領地から駆けつけてきた。

親子とはいえ独立したのだからつき合いは淡白なものだ。数か月ぶりに会う両親は、此度の電撃結婚に対し直接口にはしないものの、イグレンに向けて複雑な感情を見せもした。

ベルナールは両親に対してシエンヌ王と同じ説明を行った。

二人は「必要な薬草や魔法薬の材料があれば遠慮なしに相談してほしい」と親身になってくれた。彼らへの隠しごとは少々心苦しいが、ルーリエに施された魔法陣を完全に解呪した暁には大切な人だと紹介したい。

ベルナールがルーリエと出会ったのは、十二歳の頃だった。宮殿の奥で開かれた王家の懇談の場にイグレンの婚約者候補として招かれていた。

堅苦しい場ではない。気持ちのいい季節に宮殿の庭園で行うピクニックである。

ベルナールにとってそれは、年に数度ある親族の集まりの場にすぎないが、参加者が全員王族だという事実はルーリエには相当な重圧だったのだろう。

膝を折り淑女の挨拶を行った彼女の頬からは血の気が引き、やや強張《こわば》った表情をしていた。

自分より四歳も年下の少女が精いっぱい背伸びをして大人たちの前で挨拶をする様子は健気の一言に尽きた。それを見守るうちに息を止めていたようで、彼女が無事に挨拶を完遂した際、ほうっと息を吐き出していた。

だからそのあと改めて子供同士で遊ぶ際に名乗った時、自分にしては珍しいくらい表情を和らげていたと思う。

ルーリエと言葉を交わしたのは、あの一度きりだった。

ベルナールはその頃にはもう宮殿とは距離を置いて暮らしていた。

たまに伯父であるシエンヌ王に呼ばれ、聞かれるままに勉強や剣技の習得具合を話した。それから魔法の知識を身に着けることが思いのほか楽しいことも。

王妃はイグレンを愛するあまり母としての感情を優先させる嫌いがあるが、シエンヌ王は甥のベルナールにも目をかけてくれていた。

年に数度宮殿に赴いた際、どうしてだか遠くからでもルーリエの姿だけはすぐに見つけることができた。

淡い薔薇色の髪をたなびかせ何冊もの本を抱えて歩く姿だったり、光のいとし子として城下に降りるのだろう、白を基調としたドレスを纏った姿だったり、はたまた宮殿の奥の庭園でうとうと舟を漕《こ》ぐ姿だったり。

彼女を目にするたびに自然とその姿を追い、ほんわかと温かな気持ちになった。どうしてだろう。

不思議だった。

妹を持つ友人が「あいつは生意気だけれど俺が守ってやらないとな」と言っていたことを思い出した。そうか、自分も年長者として年下の彼女を見守っている気になっているのかもしれない。そう考えた。従弟の婚約者なのだから遠からずといった関係だろう。

彼女の頑張りを伝え聞いていたから、自分も腐らないでいられた。

ルーリエの体調が芳《かんば》しくないことは、当然ベルナールの耳にも入った。寝付くことが多くなり、ついには寝台から起き上がれないまでに容体が悪化したのだと。

胸が苦しくなった。現在の様子はどのようなものなのか。何かできることはないだろうか。

だが、ベルナールはあくまでも部外者だった。ルーリエはイグレンの婚約者なのだ。たった一度挨拶を交わしただけの己が見舞いに行けるはずもない。

できることは、折に触れて彼女の容体を尋ねることだけだった。

回復は難しいかもしれない。侍医も国王も諦めている。そのような噂《うわさ》が耳に届き、何もできない己の無力さを厭《いと》わしく思った。

想定外の事態へと転がり始めたのは、初月《はじめづき》が始まったばかりの頃のことだった。

ベルナールのもとへイグレンから書簡が届いた。領地に引きこもってばかりいないでたまには顔を見せろという内容だった。

何の気まぐれだろう。正直面倒くさい。だが無視をすれば、それはそれで厄介なことになる。仕方なしに宮殿を訪れたベルナールにイグレンが告げた内容が――。

「ベルナール様、精霊殿の調査結果が上がってきました」

「ああ、ご苦労だった」

従者兼秘書を務めるアティリオの声に意識が浮上した。手渡された紙束をめくり、視線を紙面に走らせる。

ルーリエの証言をもとに、四年前彼女に接触した精霊殿の人間の調査に当たっていたのだが、結果は空振りだった。

「ルーリエにマッサージを施したとされる女はすでに他国に嫁いだ、と」

「ええ。世俗に戻り知人を介した見合い結婚とのことです」

「知人というのがミラジェス公爵家の分家筋の人間か」

ラヴィレに所有する街屋敷の書斎には数多くの書類が乱雑に置かれている。

その中にはルーリエの診察記録もある。記録自体はごくありふれた内容だ。症状が出た初期では、症状改善に向け何度か薬の処方が変えられている。

「ルーリエはこの国の王太子の婚約者だった。王族に準する立場の人間が病に倒れ、症状が回復しないとなれば、徹底的に原因が突き止められて然《しか》るべきだ。だが、現実には彼女の体に刻まれていた魔法陣に誰一人気付かなかった」

本気で体の隅々まで調べ上げれば気付かないはずがないのだ。ベルナールでも感知したのだから、魔法医であればなおのことだ。

であれば、誰かが意図的にルーリエの診察に関与していたのだ。

ベルナールは険しい顔つきのまま書類を手に取った。宮廷医の助手に接触し得た証言が書かれてある。ミラジェス公爵と宮廷医が何度か接触していたという事実だ。

「引き続きミラジェス公爵を調べてくれ。ルーリエがいなくなって一番得をするのは彼だ」

「かしこまりました」

アティリオが礼をして退出した。

ルーリエには言葉を濁したが、ベルナールはミラジェス公爵を怪しんでいる。彼の娘ビアンカもルーリエと同じく浄化能力を有している。歳はルーリエと一歳違いだ。娘可愛さにルーリエの地位を妬ましく思ったとしても不思議ではない。

現にルーリエが病に倒れた隙を狙うように、ビアンカはイグレンと恋仲になった。

イグレンから「ルーリエを下げ渡してやる」と告げられた時。さすがに絶句した。この男は何を考えているのだ、と。その身勝手さに憤った。

ルーリエは意志表示できないほど衰弱していた。

ミラジェス公爵はイグレンの案に賛成し、結婚契約書に代理で署名を済ませてしまった。

もしもここでベルナールが拒否をすれば彼女は一体どうなるのだろう。

脳裏に在りし日の彼女が浮かんだ。彼女をこれ以上辛い目に遭わせたくない。

おまえが要らないというのなら私が引き取る。そう決意し、ルーリエをコルツェン城へ連れ帰った。

「まさか瘴気を体内に取り込ませるような禍々《まがまが》しい魔法が存在していたとは。特に今は数十年に一度、瘴気が特に多く発生する時期だ。そのようなさなか、あのような魔法陣を刻まれたのではひとたまりもない」

独り言ちたベルナールは己の発言にふと疑問を覚えた。

しばし黙考し、外出することに決めた。調べたいことができたのだ。

向かったのは宮殿の書庫である。ここには建国以来集められた様々な書物や記録が保管されている。

翌日も宮殿に向かったベルナールは書庫にこもり、ラヴィレの歴史を紐解《ひもと》いていた。そういうものだと気にも留めていなかったが、どうしてラヴィレにだけ定期的に瘴気が発生するのだろう。

この世界がまだ原初と呼ばれたはるか遠い昔、光は悪《あ》しき常闇を制し別の世界に封じ込めた。そうして平和が訪れたこの世界に新たな命が誕生し、現在に至っている。

（だが、封じたはずの常闇は、光への恨みを募らせ、別世界からこちらの世界に干渉する。それが瘴気の正体だ）

常闇は未だに戦いに敗れた無念を忘れていない。空間のひずみを伝いこちら側の世界に干渉する。瘴気という形で。それらは世界のどこにでも現れる可能性がある。

もちろん、脆《もろ》い場所というのは存在しているのだろう。瘴気が多く発生する場所は大抵の場合、禁断の場所として人々から忌諱《きき》される。

人々は、安全な場所に定住地を作るものである。それはシエンヌ王国とて同じこと。建国の際、人々は、瘴気の発生が少ない街を王都に定めたはずなのだ。

ベルナールは一日かけてラヴィレの過去の瘴気発生記録を漁《あさ》った。

今から三百年ほど前に大量の黒い霧が発生し、ラヴィレに深刻な被害をもたらした。それを救ったのはミラジェス公爵家に生まれた強い浄化能力をもつ娘だった。

彼女は王都から見事黒い霧を消し去った。その奇跡を目の当たりにした当時の王子が娘を娶《めと》った。

それ以降、ラヴィレは定期的に黒い霧に晒されるようになった。そのたびに王家は光のいとし子たるミラジェス公爵家の娘を王妃に迎えている。

「空間にひずみが生じたのなら、ラヴィレに近しい街や森などに黒い霧が発生してもおかしくはないが……」

決まってラヴィレに発生するのだ。こうなれば遷都も視野に入れるべきであるが、シエンヌ王国にはミラジェス公爵家が存在する。強い浄化能力を持つ特別な家系の存在に頼りきり、歴代の王は金と時間のかかる遷都という選択肢を除外した。

熟考しても答えは出なかった。

十日ぶりにコルツェン城に戻ったベルナールは理性と煩悩の間で盛大に慌てふためくこととなった。

久しぶりに会う妻がやたらと可愛く見えて仕方がない。いや、普段も大変に愛らしいのだが。特に正面玄関までベルナールを出迎えたルーリエが、はにかみながら「おかえりさないませ、ベルナール様」と言う姿にぐっとくるものがあった。

あれは反則だろう。しかも「軽食を召し上がられますか？ それとも休憩をされますか？」などと尋ねてくるのだ。

昔視察に向かった先で知り合った何某《なにがし》から聞いたことがあった。世の中には「食事にしますか。それともわたしにしますか？」という新婚時限定の誘い文句が存在することを。

なるほど、これが件の台詞なのかと柔らかく微笑むルーリエを前に感慨にふけった。

平静を装い「先に不在時の報告を聞く」と返したのだが、心の中は大変に賑やかであった。

本当はルーリエと一緒に夕食を取りたかったが、優先度の高い手紙の開封やら決済やらに追われ、一区切りついたのがほんの三十分ほど前だった。

(今はルーリエの治療の最中だ。心を無にして魔法にだけ意識を向けろ。これで詠唱を間違えたら恥ずかしいぞ)

魔法陣に布を押し当てながら、ベルナールは魔法の言葉を紡いでいく。帰還した今日からさっそくルーリエの治療を再開したのだ。

ラヴィレで買い求めたケープを差し出せば、彼女はお礼を言いながらも「ベルナール様のケープもお気に入りでした」とつけ加えたため、どう反応していいのか分からなくなった。

ケープから覗《のぞ》く白い肌を前に必死に平常心をかき集める。彼女はベルナールを信頼し、素肌を晒しているのだ。邪《よこしま》な思いを持ってはいけない。

己は淡白な方だと思っていたのだが……、好意を寄せる女性となると話は別らしい。

再会し交流を重ねていくうちに、ベルナールの中でルーリエは特別な存在になっていった。

今自分にできることを一生懸命行おうとする健気さへの好感は、再び相まみえて以降の触れ合いによって恋心へ変化していた。

あの頃と変わらない真面目さや努力家なところに惹かれた。放っておくと無茶をするから目が離せない。ベルナールに向けてふわりと微笑むその表情が愛らしい。

なかなか元の生活に戻れない焦りに顔を曇らせるルーリエを隠れ家に案内した時。塔の上から眺める景色に瞳を輝かせ、思わずといった風に外へ腕を伸ばす彼女の内からは、生きることへの喜びが溢《あふ》れ出しているかのようだった。

ずっと隣にいてほしい。彼女の瞳に映る世界に己も入れてほしい。もう誰にも渡すものか。彼女は己のものだ。

まさか己の中にこのような独占欲が眠っていたとは露ほどにも思わなかった。

「魔法の治療が中断してすまなかった。早く帰還する予定だったのだが、思いのほか長引いてしまった」

仄暗《ほのぐら》い独占欲と情欲をひた隠し、ベルナールは何とか本日の治療を終えた。地道な作業だが、確実に彼女に刻まれた魔法陣は薄くなっていた。

「移動の疲れもあるのに、今日からさっそく再開くださりありがとうございます。でも、無理はしないでくださいね」

「無理なものか。あなたを早くこの魔法から解放したい」

治療が終わったルーリエが立ち上がり部屋の隅にある衝立の向こうへ行った。

寝間着の上にガウンを羽織ったルーリエが戻ってきた。

「わたしももっともっと健康になって陛下のもとへご挨拶に伺いたいです。昔からよくしていただいたのです」

ルーリエがふわりと微笑んだ。

「留守中、あなたが無理をしなかったのかが気がかりだった」

「ふふ。大丈夫です。ベルナール様が作ってくださった通りに日々の課題をこなしました。もちろん無茶はしていません。常に誰かについていてもらいました」

十日ぶりに会う彼女は血色も良く溌剌《はつらつ》としている。これだけのことができるようになったのだと報告されれば、自分のことのように嬉しくなる。

「ずいぶんと健康になったように見える。少し太ったんじゃないか?」

「もう……。女性に太ったは禁句ですよ。まあ、以前のわたしは痩せすぎでしたから太ったは褒め言葉なのでしょうが」

ルーリエがうっすら頬を膨らませる。

「あ、ああ、すまない。女性に対して配慮に欠けた言葉選びだった」

慌てて謝罪するとルーリエがころころと笑った。鈴を転がす音色のようでずっと聞いていたいと思った。

「そうだわ、ベルナール様。たくさんお土産を買ってきてくださってありがとうございます。夕食前にクララと一緒にいくつか開けたのですが、まだまだ追いついていなくって。今一緒に開けませんか？」

「ああ。気に入ってもらえると嬉しいのだが」

シエンヌ王の助言を聞いたベルナールはラヴィレで大量の品物を購入した。嫁入り道具もないままベルナールのもとへ嫁いできたのだ。身の回りの品はいくらあってもいいだろう。

ラヴィレで人気の商会を呼び寄せたり、店を巡ったり。これまで特定の女性に贈りものなどしたことなどなかったが、ルーリエの顔を思い浮かべながら買い物をするのは大変楽しかった。

彼女の薔薇色の髪に似合うであろう白銀の髪飾りや外歩きのための帽子に、細々とした身の回りの品々。そういえば図書室には女性の読み物が少なかったと思い出し、ファッションプレートや詩集、そして今流行《はや》りだという書店員おすすめの小説を数十冊買い求めたりもした。

「わあ……。素敵なティーカップ！」

化粧箱から金の縁取りがされたティーカップを取り出したルーリエが弾んだ声をだす。

「この城には女性好みの食器が少なかったから買い求めたんだ。気に入ってくれるといいのだが」

「つる薔薇模様ですね。とても可愛い……。今度お茶の席につき合っていただけると嬉しいです」

「もちろん」

小さな約束を交わし、視線を合わせ微笑み合った。

思いがけず手に入った幸運と穏やかな日々だった。ベルナールが望むことはただ一つ。それはルーリエが己の隣で笑っていることだ。

「八十一……八十……二……」

数をかぞえる感覚が徐々に開き、その代わり呼吸の音が大きくなる。

「ルーリエ、今日はここまでにしよう」

「は……い……」

石の壁に手をつきながら荒い呼吸を繰り返すルーリエをベルナールが抱き上げた。

ベルナールが螺旋《らせん》階段を上っていく。大柄な男性ではないのにルーリエの体を支える腕の力は強く安心させてくれる。

（悔しいなあ……。まだ一人では階段を上りきることはできないわ）

衰えた筋力の回復を目指すルーリエは目標を持つことにした。それは、一人でベルナールの隠れ家がある塔の上まで階段を上ること。

この案を彼に伝えてみれば、彼はしばし押し黙った。

沈黙ののち、必ずベルナールがつき従うことを条件に許可が下りた。一度一人で階段で昇降練習をした時のことを、彼はまだ忘れていないようだ。

そのようなわけで、日常生活が送れるくらいまで体力を向上させたルーリエの目下の目標は塔の上まで一人で上ることなのだが、なかなか難しい。

「今日は八十二段まで上ることができました」

「二日前は七十五段までだった。体力と筋力がついてきている証拠だ」

「ですよね！　息切れするのも最近は遅くなってきましたし。頑張ったらその分結果がついてくるので嬉しいです」

ちなみにこの挑戦は数日おきにするようにベルナールからよくよく念を押されている。毎日体の同じ箇所に負荷をかけるのはよくないそうだ。

訓練の成果が表れていることへの喜びを前面に押し出していたルーリエは、ここで気がついた。そういえば今、すぐ目の前にベルナールの顔があったのだった。

そのことに意識をすれば途端に羞恥が襲ってきた。慌てて視線を下に向けるのと、ベルナールが最後の一段を上るのが同時だった。

下ろしてもらったルーリエは木の扉を開いた。

すぐに窓辺へ近寄る。今日は天気がいいから、遠くまでよく見渡せる。畑はまだ茶色のままだ。春はもうすぐそこまでやって来ている。あと半月ほどで種まきが始まるだろう。

ベルナールが窓を開け、滑車を操作する。バスケットの中にはホットミルクやビスケットが入っている。

訓練のあと、二人きりで過ごすひと時がお気に入りの時間だ。

ふうふうと息を吹きかけながらホットミルクを口に含む。蜂蜜の甘さが体にすぅっと染み込んでいく。

「そういえば、今日のリボンはドレスとお揃《そろ》いの布なのだな」

ふと、ベルナールが言った。

「ベルナール様が買ってくださった布地で仕立てもらって、布が余ったのでリボンも作ってくれたのです」

ルーリエは立ち上がって、その場でくるりと一回転した。そうすると薔薇色の髪がふわりと舞う。

普段着として仕立てられたドレスは脱ぎ着しやすいよういくつかのパーツに分かれている。動きやすいように飾りは最小限でスカートの丈はくるぶしよりも少し上。胸元をくるりとリボンが一周巻かれていて背中で結んでいる。

「昨日、出来上がったので、ぜひベルナール様に見てもらいたくって、今日は朝からうずうずしていたんです」

単身ラヴィレに向かったベルナールは商店が開けるのではないかというほど大量の土産を持って帰ってきた。

日用品や菓子、茶器、書籍、さらにはたくさんの布地まで種類に富んでいた。

彼なりに身一つで嫁ぐことになったルーリエに気を遣ってくれたようだ。本当は仕立て屋も同行させたかったとのことだが、ルーリエの容体が回復基調にあることは機密事項だ。ひとまず布地だけ買い、エトワルムの街で口の堅い縫い子を雇おうということになり、そこにクララも加わり、日常着や外出着を縫ってくれたのだ。

「とてもよく似合っている。今日だけでなく、あなたはいつも可憐《かれん》だが」

微笑と共に褒めてくるベルナールにルーリエの鼓動が一瞬役目を放棄したかの如く動きを止めた。

まさかこんなにも直球の感想がくるとは思わなかった。かあっと頬に熱が宿った。

確かに、ほんの少しだけ期待した。新しく衣装をあつらえたのだから、何か感想がほしいなあ、と。

でもまさか、可憐という言葉をもらえるとは思ってもみなかった。

「あ、ありがとう……ございます。クララたちの腕がいいのです。わたしによく似合うように作ってくれました」

どうにかそれだけ返したあと、ルーリエは両手で頬を包んだ。火照り始めたのだと悟られたくない。

ベルナールの方は、立ったまま妙な格好で微動だにしないルーリエに対して、何かを考えるかのように押し黙る。

妙な沈黙が流れるのだが、どうやってこの空気を変えたらいいのだろう。誰か教えてほしい。

「そろそろ冬も終いだ。もうあといくらかすれば、出歩くのにちょうどいい頃合いになるだろう。ルーリエ、あの時の約束を一緒に果たさないか？」

先に口を開いたのはベルナールだった。

その言い回しでピンときた。

「それは、野いちご摘みや釣りのお誘いですか？」

「ああ。来月辺りになると気温も上がる。魚も活発に動きだすから釣りやすくなる」

ベルナールが瞳を和らげた。

「楽しみですね。わたし、釣りをするのは初めてです」

「あなたはこれまで忙しくしていたんだ。体力も戻りつつあるのだし、今年の春は様々な体験を一緒にしよう」

「はい！」

新しい季節の到来にわくわくした。

窓の外を眺める。眼下には、深緑色の川が蛇行している。もっと陽の光が強い季節になれば、きっと水面がきらきらと輝くのだろう。

その景色を、今度は自分の足だけでここまで上って、ベルナールと一緒に眺めたいと思った。

第二章　ルーリエと恋心

朝、ぱちりと目を覚ましたルーリエは寝間着姿のまま窓を開け頭を出した。見上げた先に映るのは清々《すがすが》しいほどに青い空だった。太陽の光に思わず目を眇《すが》めた。

「やった、晴れたわ。気持ちのいい天気ね！」

「奥様、今日をとても心待ちにされていましたものね」

「ええ！　だって、ベルナール様が釣りに連れて行ってくれる日だもの」

ルーリエは後ろを振り返って言った。

季節は四番目の月である彩月《いろどりつき》を迎えていた。これはライラックの花が零れんばかりに咲く様子に由来する。

朝晩は冷え込むけれど、日中はぐんと暖かくなる日が増えた。

晴れてくれて嬉しい。日程が決まった瞬間から空に向かって祈りまくった甲斐があった。

朝食を終えたルーリエは外出着に着替えた。

白と濃い薔薇色のくるぶしよりも丈が短い動きやすいドレスだ。胸元と袖にレースが飾られていて、ウエストとスカートの切り替えにはリボンが結ばれている。

薔薇色の髪は後ろで緩い三つ編みにしてもらった。その根元に白銀の髪飾りをつけた。

これもベルナールからもらったラヴィレ土産の一つだ。極限まで細く引き伸ばした金属の網細工調で、五枚の花弁の真ん中に真珠が取りつけられた繊細な一品だ。

「あなたに似合うだろうと思って」と真顔で言われたのだからたまらなかった。

婚約者時代のイグレンからは「これをやる」や「贈りものを決めるのが面倒だから僕の名前で好きなものを買うといい」などという、情緒がないやり取りばかりだった。

準備が調い、姿見の前でおかしなところがないか入念に確認する。

鏡に映る姿は誰が見ても死にかけていた数か月前のルーリエと同一人物だとは思わないだろう。

白く染み一つない小さな顔は血色が良く、その頬は薔薇色に染まり、唇は熟れたさくらんぼのように艶やかだ。

足や腕はガリガリだった頃よりも健康的に肉付き、体の線も年頃の娘らしくまろやかになった。

「そろそろお約束の時間ですわ」

クララに促され階下へ降りた。その足取りは軽やかだ。

玄関ホールではベルナールがすでに佇んでいた。

「お待たせしましたベルナール様」

「今しがた準備が整った。今日の装いはいつにも増して可憐だと思う。薔薇の妖精が舞い降りたかのようだ」

「っ……。は、花の妖精だなんて……」

ベルナールが真顔で言うものだから、みるみるうちに頬が熱くなった。

彼はこういうことを平然と言うのだ。そのたびに嬉しさと恥ずかしさで落ち着かなくなる。

「あなたは光のいとし子だったな。花の妖精に例えるのは失礼だった」

「ち、違います。失礼などと思っているわけではなく……ええと、直球の褒め言葉に慣れていなくて……」

「私は本当のことを言っただけだ。さあ、手を」

あたふたするルーリエに引きずられたのか、ベルナールがやや素っ気なく手を差し出した。

もしかしなくても自分が動揺しすぎたせいで、彼も気まずくなってしまったのかもしれない。

（平常心！　社交界の殿方は息をするように女性を褒めるものなのよ！　それがスマートな男性なのだと、わたしだって知っているじゃない！）

ルーリエはイグレンの婚約者時代に教師から教わった内容を反芻《はんすう》する。

王太子妃ともなれば人々からお世辞を言われる機会も多い。これらにいちいち動揺したり図に乗ったりすることなく、華麗に受け流してこそ真の貴婦人である。そう教師も目を吊《つ》り上げて言っていたではないか。

「ベルナール様もいつもカッコ……いいですわ」

お礼に褒め返そうとしたのに、華麗に決まらなかった。本心十割の言葉のため途中で恥ずかしくなったせいだ。

ルーリエの言葉を聞いたベルナールがぴたりと動きを止めた。

「ベルナール様？」

「いや。何でも。さあ、足元に気をつけて」

馬車に乗り込み、いよいよ出発だ。

二頭立ての無蓋馬車を操るのはベルナールだ。

小高い山に建つコルツェン城を背にのんびり走る馬車が目指すのはリート川沿岸である。

城から坂を下ると、城門が見えてきた。石造りのそれは、城塞としてのコルツェン城の一番外側の玄関口でもある。昔は騎士団の詰め所があったが、現在騎士団本部はエトワルムに移転している。

時代を経た今、この城門には門番と森番が家族と一緒に住んでいるのだそうだ。

山を下りれば平野と麦畑が広がる。白い点々は羊《ひつじ》だろう。黒いのは牛である。のんびり草を食《は》んだり足を折り座り込んだりする姿に心が和む。

ラヴィレから出たことがなかったルーリエにはどの光景も新鮮に映った。

長い冬を乗り越え、新芽が青々と茂る大地は鮮やかに世界を彩り、動物たちもどこか浮足立って見える。

新鮮な景色についきょろきょろと顔を動かしていたらベルナールが話しかけてきた。

「そう珍しい景色でもないが、あなたにはどのように映っているのだろうか」

「まるで心が洗われるかのようです。緑の大地がきらきらしていて、青い空と相まってとても清々しいです。のんびり歩いてみたいなあ」

「次はこの辺りでピクニックもよさそうだ」

「羊さんたちにも挨拶したいです」

からからと車輪が回る軽快な音と共に、二人は一路リート川を目指した。


到着した川辺では、先に従僕たちが訪れ領主夫妻のために居心地良く調えてくれていた。

日よけの天幕と休憩用の椅子、それから昼食の準備もある。

太陽の日差しを浴びた水面は美しい青色だ。ラヴィレを流れる川よりもずっと澄んでいる。

「今晩の食事が豪華になるかどうかは、これからの釣りにかかっている」

「わたし、頑張ります！」

ルーリエは気合を入れた。

人生で初めての釣り体験は色々なことに驚かされた。

まず釣り餌にうねうねした虫を使うと知り、背筋をぞわぞわさせながら「無理ぃぃ」と後ずさった。

「虫よりも釣れる精度は落ちるが……。一応練り餌も持ってきた」

「わたしはそちらでお願いします」

自分が持つ釣り竿《つざお》の先っぽに虫がくっついているのだと思うと、ちょっと、いや全力で無理だ。しかし川魚の主食は虫で……深く考えるのは止めよう。魚は美味しく食したい。

ベルナールが涼しい顔のまま虫を釣り針に取りつけるから、その手はちゃんと洗ってくださいねと心の中で念じてしまった。

この地に移り住んだベルナールはひとしきり田舎生活を体験したのだと話してくれた。てきぱきと準備をするし、川魚が隠れているだろう場所にあたりをつける言葉にも迷いがない。

ルーリエは彼に手を貸してもらいながら川のほとりを歩き、ちょうど木々の影が水面を覆い隠す場所へとやってきた。

釣り糸を垂らして、どのくらい経過しただろう。

「ルーリエ、引いている。魚が餌に食いついたんだ」

「え、ええっ！　どどどうしましょう⁉」

竿《さお》がびくびく振動する。魚がかかったことは分かったが、人生初の出来事に、何をしていいのか慌てふためく。

「大丈夫だ。私が手伝う」

ベルナールがルーリエの後ろに回った。一緒に釣竿を持つ。

まるで背後から抱きすくめられているような格好に意識がもっていかれそうになるが、今はそれどころではない。魚と人間の勝負である。

「せーの、で竿を引くぞ」

「はい」

ベルナールのかけ声に合わせて一緒に腕を持ち上げる。

「釣れたわ！　ベルナール様、生まれて初めて魚を釣りました！」

それはまるまる太った鱒《ます》だった。川岸でビチビチと元気よく跳ねている。

ベルナールが器用に釣り針から魚を取り外した。その様子をまじまじと覗き込む。

「持ってみるか？」

ルーリエは意を決して今しがた釣り上げた魚に手を伸ばした。これを水が張られた桶《おけ》の中に入れるのが自分に課せられたミッションだ。恐る恐る触ると魚がビチビチ動いた。

「ひゃっ！」

驚き手を離しかけたルーリエの上からベルナールが魚を掴《つか》んで、そっと桶の中に入れた。

「ルーリエに先を越されてしまった。私も負けてはいられないな」

ベルナールが若干悔しそうな声を出した。

「わたしだって負けませんよ。こちらはベルナール様に食していただきますので、少なくともあと一匹、クララが食べる分を釣らないと」

「では私がルーリエの分を釣ろう。あなたにひもじい思いはさせないと絶対に約束する」

二人は真剣に釣りに勤しんだ。

宣言が功を奏したのか、ベルナールはあれから四匹の鱒を釣った。ルーリエは三匹に留まった。互いに接戦である。彼はルーリエの釣りを手伝ってくれたから、一人きりだったらもっと釣れていたに違いない。今晩は豪華な食卓になりそうだ。

「今晩の夕食が楽しみですねえ」

「鱒料理といえばグリルが鉄板か。これだけまるまるしていれば中はふっくらしていて美味《うま》いだろう」

バターと香草を乗せてオーブンでじっくり焼いた鱒を想像してみる。それだけでうっとりした。

「ベルナール様との共同作業の末に成果を持ち帰ることができて嬉しいです」

「あなたには釣りの才能があるのかもしれない」

「それは嬉しいです。また一緒に来られますもの」

微笑むベルナールにつられてルーリエも笑った。

大仕事を終えた二人は、天幕の下で昼食をいただいた。

ハムとチーズを挟んだサンドウィッチに腸詰肉《ちょうづめにく》のパン、干し果実入りのパンもあった。それからベルナールが林檎《りんご》を剥いてくれた。

お腹《なか》がいっぱいになり、そのまま椅子に座りのんびりする。

持ってきた詩集を開きつつ、川のせせらぎに耳を傾けた。隣ではベルナールが分厚い書物を開いている。

ちょうど太陽が頂上に昇った頃合いで、気温が上がったせいか彼はジレ姿だ。手首のボタンを外して裾を一つ折り曲げているせいか、自分のとは違う節ばった腕が見え隠れして何やらドキドキする。

(ベルナール様と暮らし始めてもうすぐ四カ月になるのね)

その間たくさん助けてくれた。いつもルーリエに心を砕いてくれた。

だからこそ今の自分がある。

いつの間にか彼が隣にいることが当たり前になっていた。

一緒に食卓を囲み、午後のお茶の時間につき合ってくれ、朝晩一緒に城の庭を散歩するようにもなった。

ルーリエはちらりとベルナールを窺った。整った顔立ちは一見するとどこか近寄りがたくもある。寡黙な彼がこうして読書に勤しむ姿はどこか冷たく見えるけれど、ルーリエが話しかけると瞳の中に温《ぬく》もりが生まれるのだ。

集中しきった彼の冷厳な横顔を眺めることがルーリエは嫌いではない。むしろ好きな方だ。

ベルナールの前髪が少し長くなっている。邪魔ではないのだろうか。まつげにかかる濡れ羽色の髪は艶やかで密《ひそ》かに触れてみたいなと思っているのだが、彼には内緒だ。

「どうした。退屈してしまったか?」

熱い視線に気がついたのかベルナールがこちらへ視線を向けた。瞳を柔らかく細めたその表情に鼓動が速くなる。

ふとベルナールの腕がこちらに伸びた。さらに心臓がどきりと跳ねた。もしかして……と淡い思いが脳裏を掠《かす》めたのだが、彼はぱっと手を離してしまった。

「髪に葉がついていた」

「ありがとうございます」

拍子抜けしたルーリエは、自分の中に生まれた欲求に恥ずかしくなり立ち上がった。

（ああもう、わたしったら！）

顔が赤くなる前に彼から離れてしまわなければ。ずんずんと歩き出すルーリエの背後から不思議そうに名前を呼ぶ彼の声が聞こえた。

「少し川岸を歩きますわ」

ルーリエはやや早口で言い訳をした。

火照った頬を冷ましてしまいたい。

先ほどベルナールの腕が伸びてきた時。そのまま引き寄せて抱きしめられるのではと考えた。

自然と胸の中に湧き起こった想いに頬を熱くする。

これで自分の中にある彼への気持ちが分からないのであれば、とんでもなく鈍いことになる。

訓練のさなか、まだ歩くこともままならない自分をベルナールはよく抱き上げて運んでくれた。あの時の彼の腕の感触だとか触れた胸の鼓動の音だとか、そういうのを思い出す。

元気になった今は一人で歩けるしどこへでも行ける。あの塔の上にだって、途中何度も休みながらではあるが上り切ることだってできるようになっていた。

でもそれは、彼に触れてもらえる頻度が少なくなったということでもあって。

健康体に戻ったことは純粋に嬉しいのだが、ベルナールとの触れ合いが少なくなりつつある現状に寂しさも覚えている。

淡い恋心を抱いた相手、ベルナールはルーリエの夫だ。

きっと人に言わせれば、それはとても幸運なことなのだ。

この国の王侯貴族階級の結婚は見合いが主流だ。政略結婚ともいう。結婚は家と家を繋ぐもので、個人の感情が反映されることは低い。

もちろん政治的に対立がなく家格も同等など、一定の条件下で結婚相手を選べることはある。

ルーリエの場合、幼い頃に結婚相手が決められた。そこには自分の意志はなかった。ミラジェス公爵家に生まれ、さらに強い浄化能力を有していた。そして黒い霧の発生頻度が高く、王家は光のいとし子を欲していた。そのような時世でイグレンへ嫁ぐことは物心ついた頃からの既定路線だった。

その立場を追われベルナールに下賜された。その彼に恋したこと自体が奇跡のようなものなのだ。

(わたしは好きになった人と夫婦でいられて、結果幸せだけれど……ベルナール様はどう思っていらしゃるのかしら。嫌悪されているわけではないけれど……、彼が妻に優しくするのは性格と義務によるものの方が大きいわよね)

ルーリエは水面を見下ろした。透き通った水は深い青色をしている。

ベルナールが優しいのは責任感が強いから。死にかけた状態のルーリエを押しつけられて、元気にしなければいけないという使命感に駆られた。誠実で実直な彼らしいといえばその通りなのだが、胸

歩いた。

自分だけが恋心を持て余している。それらを吐き出すかのように、ぽん、ぽん、と石の上を伝って
まだ水は冷たいだろうか。夏になったら裸足《はだし》で水の中を歩いてみたい。きっと気持ちが良いだろう。

などと考えていたせいで、足元がおろそかになっていた。つるりと滑ってしまい倒れ込みそうになる。

「ルーリエ！」

覚悟した痛みに襲われることはなかった。ベルナールが受け止めてくれたからだ。

彼が尻もちをついている上に、自分が乗っている。

しかも、だ。

柔らかな唇の感触に、微動だにできなくなった。

ベルナールの唇を自分のそれが塞いでいる。前回は少し触れただけ、もしかしたら掠《かす》っただけかも、
というくらい微々たる間のことだったのに。

今現在、二人は目を見開いたまま唇を合わせ硬直していた。

ざあっと木々が揺れた。水が流れる音が二人を世界から隔絶する。

「ご、ごめんなさい！」

我に返ったルーリエは慌てて彼の上から飛びのいた。

「怪我は……ないか？」

ベルナールの声はやや掠れていた。

ルーリエは下を向いたまま早口でまくし立てた。

「はい。またしても助けてくださりありがとうございました。というか、一緒に歩いていたことにすら気付かなかったです」

「川辺は石が不揃《ふぞろ》いだし、歩き慣れていないと足を取られることがあるから心配になって……」

「おっしゃる通りです」

ここまで話したのち、沈黙が流れた。

（どうしよう……。ベルナール様の唇を奪ってしまったわ）

ものすごく気まずい。偶発的とはいえ、男女が唇を合わせたのだ。ルーリエとしては、好きな相手だったから何の問題もなかったのだが……ではなく、まずは謝罪すべきだ。

「あの、ベルナール様の大切な唇を奪ってしまい申し訳ありませんでした！」

「私の方こそ、一度ならず二度もあなたの可憐な唇に触れてしまいすまなかった！」

ルーリエが勢いよく頭を下げると、彼もそれに倣うかのように同じ姿勢を取った。

「前回のは掠ったというか、ものの内にも入らないといいますか」

「あの時すぐに謝罪すればよかったのだが、気が動転していてそれどころではなかったというか。我に返った時は……恥ずかしくなってしまって」

彼の言葉に導かれるように顔を上げると、耳まで真っ赤になったベルナールの姿があった。

「……ベルナール様に触れられることは嫌ではなかったのです。今だって……いえ、忘れてくださいっ」

自分はなんてことを口にしようとしたのか。これではまるで告白のようではないか。

我に返ったルーリエだったが、次の瞬間には彼の腕に閉じ込められていた。

「！」

驚く間もなく、今度は彼の意志によって唇を塞がれていた。

彼の大きな手のひらがルーリエの頬に触れる。そしてうなじへと回される。

それはどこか性急で、でも優しくて。

引き寄せられたルーリエはベルナールの胸に手のひらを置いた。角度を変え何度もルーリエの唇をついばむベルナールに合わせるかのように、自分もまた顔を傾ける。

自然と目を閉じていた。感覚が鋭敏になるのか、頭の後ろにやった彼の手のひらの動き一つに反応してしまい、思わず吐息を漏らした。

唇を僅かに開いたその隙を待っていたとばかりに、ぬるりとした何かが口の中に押し入る。

差し込まれたのは彼の舌だ。

「あ……」

驚きに再び声が漏れた。

「ルーリエ」

熱い呼吸と共に名が呼ばれた。すでに何度も聞いたはずの自分を呼ぶ彼の声。なのに今、これまで

とは違う感覚がお腹の奥に生まれ、それがじくりと熱を持つ。

唇が離れていたのはほんの短い間のこと。請われるように再び唇を押し開かれ、ルーリエはベルナールを受け入れた。

挿し入れられた彼の舌がルーリエの口腔内《こうこう》をまさぐる。上顎を擦られれば腰から下の力が抜けるような、不思議な感覚に襲われた。びくびく肩を揺らせばベルナールはルーリエの敏感な場所を探り出そうとするように上顎の内側を執拗《しつよう》に擦った。

「ん、んんっ……」

一度体勢を整えたい。けれども今のルーリエはベルナールにすっぽりと抱きすくめられているし、後頭部を手のひらでしっかり押さえられている。

口付けがこんなにも熱いものだとは知らなかった。

ベルナールは力が抜けつつあるルーリエを腕の中に閉じ込めたまま、口腔内のあらゆる箇所をまさぐった。歯列をなぞり両方の頬の内側を丁寧に撫でていく。

そのたびにお腹の奥に奇妙な熱が灯っていった。それは得体の知れぬ衝動となり、ルーリエの内側で激しく蠢《うごめ》く。未知の感覚を抑えつけるようにベルナールの胸に縋《すが》りついた。

ひとしきり口腔内をまさぐったベルナールの舌がルーリエのそれに絡みつく。怖気《おじけ》づいて逃げようとするルーリエを容赦なく追い求める。

口内で勃発した鬼ごっこは、しかしベルナールの圧勝だった。

舌を絡め取られ、呼吸ごと彼に飲み込まれるかのような錯覚に陥る。獲物を狙う肉食獣のようだ。でも、彼にならぱくりと食べられてしまっても構わない。そのような思いが脳裏を掠める。今はただベルナールが求めてくれることが嬉しかった。

いつの間にかルーリエはおずおずと彼の舌に自らのそれを絡めていた。

静かな川辺で、二人は誰に邪魔されるでもなく口付けに没頭した。


あれから数日が経過した。

「奥様と旦那様が仲睦《むつ》まじくてわたしとても幸せです」と言うクララは廊下で踊り出しかねないほど足取りが軽やかだ。

それはきっと、ルーリエとベルナールが醸し出す空気が以前よりも一歩も二歩も近しくなったからだろう。互いに視線を絡め合う回数が増えたと思う。

口に出されると照れてしまうのだが、それでもやはり頬が緩むのを止められない。

ベルナールはルーリエに対してどこか遠慮をしなくなった。朝夕の散歩の時はごく自然に背中に腕を回してくれるようになったし、よく手を取っては甲の上に口付けを落としてくれるようになった。

二人で並んで座る時も、以前なら拳一つ分距離が開いていたのに、今はその隙間もないほどぴたりと寄り添うようになった。

でも、とルーリエは思う。

あれほど情熱的な口付けをルーリエに施したのに、未だに自分たちは寝室が別れたままなのだ。

これにはちょっと物申したい。

……のだが、淑女の口から「そろそろ同衾《どうきん》したいのです」とは恥ずかしくて言えない。

(それに唇への口付けだってお預けなのよ……どうして？)

ルーリエはこっそり息を吐いた。

すぐ後ろではベルナールが魔法の詠唱を行っている。

日々の魔法治療の際、もう少し艶《つや》めいた雰囲気になるのかな、と胸をドキドキさせていたのに、彼はいつも通り平常運転なのだ。

何かあるかもしれない、と不安と期待に胸がかき混ぜられた複雑な乙女心をどう処理すればいいものか。

布越しとはいえ腰に当てられたベルナールの手のひらの温もりに、今も心臓が激しく動いているというのに。

治療を終えたベルナールは「今日はここまでだ」と抑揚のない声で言った。

その上てきぱきと道具を片付けさっさと出て行こうとするから、ルーリエは毎回彼を引き留める羽目になる。

「もう少し、お話がしたいです」

「あ、ああ……。あまり遅くならない程度なら」

夜、二人きりで座る時だけ彼はルーリエとの間に小さく距離を空ける。

「今日一緒に摘んだライラックを部屋に飾ってみました。もうすっかり春ですね」

「今まで城の中に花を飾る習慣がなかったが、室内に彩りがあるのはいいものだな」

「はい。門番の奥さんが快く摘ませてくれて嬉しかったです」

今日は散歩の時間に坂道を下り、城門横の道を歩いた。

毎日歩き続けているおかげで、長い距離を歩いても平気になっていた。毎日の習慣とは偉大である。

ちょうどライラックの花が綻び始めた頃で、通り沿いに建つ石壁の家屋沿いにたくさんの房が垂れ下がっていた。

門番の妻がこの花を気に入っており、それが高じていつの間にかたくさんのライラックが育ったのだそうだ。

ピンクや薄紫色の花々を前にきれいだと褒めれば彼女は「お好きなだけ摘んでいってください」と頭を低く下げた。

ルーリエは好意をありがたく頂戴することにした。ベルナールが手伝ってくれ、気がつけば両手いっぱいのライラックの花束ができあがっていた。

「花を大量に持つあなたはとても愛らしかった。この城にもライラックを植えようか」

「そんなに簡単に決めてしまってよろしいのですか？」

「もちろん。ここはもうあなたの住まいでもあるんだ。あなたが喜ぶのならコルツェン城を花だらけにしたっていいくらいだ」

「そんなことをしたら花のお城って言われてしまいますよ？」

「構わない。私の妻の気に入りの花だと自慢しようと思う」

ベルナールはさらりと言った。

胸の奥に小さな棘《とげ》が刺さった心地になった。

（ベルナール様の中でわたしが妻だというのなら……どうして一向に求めてくださらないの？）

彼に望まれたい。夜、一人で眠るのは寂しい。

瞳を陰らせ膝の上に置いた手に視線を落とした。

「ルーリエ？」

その様子にベルナールが怪訝《けげん》そうにルーリエをのぞき込む。

湧き上がったこの気持ちを口に乗せてしまいたい。

でも……。

女の方から求めるだなんてそんなのはしたない。頭の中で常識を問う声が響いた。

逡巡したのはほんの少しの間で。

するりと想いが口から溢れ出る。

「わたし……ベルナール様と朝も夜もずっと一緒にいたいです」

「今こうして一緒に過ごしているだろう？　朝食も夕食も毎日一緒に取っている」

ベルナールが不思議そうに尋ね返す。

ルーリエはもぞもぞと体を動かしながら、精一杯の言葉を伝えることにした。

「そうではなくて……。ベルナール様といつまでもお部屋が分かれているのは寂しいのです」

「それは……」

言いたいことを理解してくれたのか、彼の耳がほんのり色づいた。

ルーリエは自分の頬にも熱が集まるのを自覚する。

「ルーリエ……」

ベルナールの手のひらがルーリエの頬に触れ、耳を掠め、首の後ろへ回った。剣稽古に励んできた彼の手は自分のそれよりも皮膚が硬い。

ゆっくりと彼の顔が近付いてきた。受け止めるために、そっと目を閉じた。

あの日以来の口付けだった。

ふわりと触れるだけのそれを彼は何度も繰り返す。

もっと求めてほしいと思った。

それは自分の内側から湧き起こった彼を求める想い。もっと彼を感じたいという欲求。

それが伝わったかのように唇から離れたベルナールがルーリエの目じりに口付けを落とし、耳を優しく食《は》んだ。

「ん……」

耳朶をくすぐる吐息に甘い声が漏れた。自分では分からなかった。好きな人に触れられるだけで、体のどこもかしこもが敏感になるだなんて。

ベルナールの舌がルーリエの耳を舐《ねぶ》る。耳元で聞こえるその音だけで全身が沸騰しそうになった。

「あっ……んっ……あぁ……」

背中に回された彼の腕がルーリエの背中の上であやしくうごめく。

ベルナールの顔が首筋へと移動した。つぅっと舌で柔らかな肌をなぞられる。

初めて受ける愛撫《あいぶ》に背中がぞくりとした。

何度も短い吐息が漏れ出た。そのたびに彼の腕が寝間着の上をまさぐる。

「ルーリエ」

熱い吐息に体が弛緩《しかん》した。

「ベルナール……さ、ま」

首筋から鎖骨へ彼の舌が滑っていった。触れられた箇所が熱い。

まだ彼の唇の感触が残っていて、それに揺り起こされるかのように心の奥に眠る、まだ見ぬ感情が花開く。

無自覚なそれに手を伸ばしかけた時、ベルナールが身を起こした。

「本当はもっとあなたに触れたい。心のままにあなたを貪りたい。全てを私のものにしたい」

鼻同士がくっつくくらいの距離で請われる。

彼の藍色の双眸に瞳を潤ませたルーリエが映っていた。

「私だって男だ。あなたはどのような声で啼《な》くのだろう。そのように考えてしまうのを必死に抑え込んで……紳士らしく取り繕っているにすぎない」

「っ！」

真剣な眼差《まなざ》しのままさらりと欲望の欠片《かけら》を見せられて。

獰猛《どうもう》な獣の片鱗《へんりん》に後ずさりしたくなるのと同時に手を伸ばしてみたくもなる。

とくとくと鼓動を速めるルーリエに向けてベルナールが緊張の糸を解くような息を漏らした。

「私はあなたに刻まれた魔法陣の治療に当たっている。責任を持たなければならない。自分を戒めておかないと歯止めが利かなくなる」

何かを言う前にベルナールの胸に引き寄せられた。鼓動が聞こえる。平素より速いようにも思えて、今彼が自分と同じようにドキドキしているのかなと想像すると、嬉しくなった。

「魔法治療が終了したら、夫としてあなたを求めてもいいだろうか」

「もちろんです」

「一度あなたを手に入れてしまったら、もう手放せなくなる」

情熱の一部をぶつけられたルーリエは、彼の胸に頬を押し当てたままゆっくり頷いた。

「あなたの魔法治療だが、もうすぐ終了する」

二日ほど経過した日の朝、そう聞かされたルーリエは嬉しくなるのと同時に頬が熱くなった。

それは即ち、彼と同じ部屋で朝まで過ごせる日が近いのだという暗示でもあって。

（もうすぐって、どのくらいなのかしら。明日？　三日後？　それとも五日後？）

遠くない未来、ルーリエはベルナールと寝台を共にするのだ。好きな人と一緒に眠れる幸せを噛みしめるのと同時に、以前教わった閨《ねや》教育の一部を思い出し、一人朝からぼんっと顔を真っ赤にした。

それに反してベルナールときたら平素の通り涼しい顔つきだ。背筋をすっと伸ばしナイフとフォークを動かしている。

ベルナールは単に事実を告げたにすぎないのだろう。

であるならば、自分も普通に受け答えをするべきだ。そういえば、昔誰かが言っていた。妻に必要なのは、淑女としての立ち居振る舞いと同時に体力もだと。

「わたし、夫婦生活の第一歩に向けて、体力づくりに一層励みますね！」

ゴフッと彼がむせ返った。

どうしたのだろうときょとんとするルーリエの前でベルナールは「そういえば、あなたを誘いたいと思っていたんだ」と話を変えた。

ルーリエは黙ったまま彼の話に耳を傾ける。

「もうすぐパンケーキの日だろう？　その日はエトワルムの街でもパンケーキが振る舞われ、賑やかなんだ」

「まあ。もうそのような時期でしたか」

彩月の十九日はパンケーキの日である。

それは今は昔、約二百数十年ほど前のことだった。当時なかなか子供に恵まれなかった国王夫妻の間に待望の第一子が生まれた。

出産は大層な難産で妃は命がけで子を産んだ。王は妃を労《ねぎら》うために厨房《ちゅうぼう》へ赴き、自らパンケーキを焼いた。妃の好物だったのだ。

この喜びをぜひとも分かち合いたい。王はそう考え、食事処にパンケーキの材料を届けさせ、無料で振る舞うよう命じた。

それから時代が流れ、今ではすっかりパンケーキを食べる日としてシエンヌ王国民の間に習慣として根付いたというわけだ。

「今でも王や領主はパンケーキの材料を寄付しているだろう。我が領地もそれは同じで、多くの食堂が無料でパンケーキを提供する」

「我が家でも毎年その日はパンケーキが食卓に並んでいました。今年はベルナール様と一緒に食べられますのね」

「あなたはきっと美味《おい》しそうに食べるのだろうな」

ベルナールが目を細めた。

小麦粉と牛乳、卵を混ぜた生地をフライパンの上で薄く焼き上げ、それを皿の上に何枚も重ねるのがシエンヌ風だ。厚さがない分、十枚以上重ねてもそこまで高くはならない。

こんがり焼けたその上に蜂蜜を垂らしたり、色砂糖を降りかけてみたり、すみれの砂糖漬けをちらしてみたり、その時々によってトッピングをするのも楽しみの一つだ。

考えただけでお腹がきゅうっと動いた。毎年の恒例行事ともすっかり縁遠くなっていたため、久しぶりに思い切り楽しみたい。

「あなたをエトワルムへ案内したいと思っていたんだ。この日はフライパンレースも行われるし、パンケーキ以外にも色々な料理の屋台が通り沿いに並ぶから楽しめるはずだ」

「楽しみにしていますね」

ルーリエは一も二もなく了承した。ベルナールと一緒の街歩きを考えるだけでわくわくが止まらなかった。


宮殿から帰還したその男は、屋敷に戻るなり大きな歩調で書斎へ向かった。

バタンと大きな音を立てて扉を閉める。

「ルーリエめ。まだ生きているとは忌々しい奴《やつ》め」

そう吐き捨てた男、ミラジェス公爵は感情に任せて書きもの机に積まれていた紙の束や本を払いのけた。音を立ててそれらが床に落ちる。

「くそっ！　さっさと死ねばいいものを、しぶとく生き残りやがって」

一人悪態をついたミラジェス公爵は、宮殿で畏れ多くも国王陛下からかけられた言葉を思い出す。

「我が甥ベルナールの献身によって、ルーリエはどうにか持ちこたえているようだ」

国王の手前殊勝な態度で首を垂れていたが、内心では焦りが生まれていた。

ルーリエはもう長くない。その身に瘴気を溜めこんだ体では王都から離れてもすぐに死ぬだろう。

彼女のあの容体を知っていれば誰もがそう思ったはずだ。

それはミラジェス公爵とて同じことだった。

彼女の体には魔法陣が刻まれている。黒い霧を吸収する、公爵家に受け継がれてきた知識を起源とする代物だ。

持てる権力と人脈、そしてミラジェス公爵家は特別だという言葉を使い、彼女の病の正体が露見しないように手を打ってきた。

ひとえに、愛娘《まなむすめ》ビアンカを王太子妃にするためだ。兄の娘ではなく、己の娘をいずれは王妃に。

公爵位を継いだのは己なのだから、最高の誉をいただくのは己の娘でなくては。

きっかけは、娘の些細《ささい》な一言だった。

「わたしだってミラジェス公爵家の娘で、ルーリエと同じくらい浄化能力を持っているのに。どうしてわたしがイグレン殿下の婚約者に内定しなかったの？」

その通りだ。我が娘だって薔薇色の髪に金色の瞳という、ミラジェス公爵家の娘の特徴をきちんと受け継いでいる。浄化能力だってルーリエに引けを取らない。

だったら……、我が娘が王太子妃に、ひいては王妃になっても何らおかしくはないではないか。

「そうだとも。光のいとし子は二人もいらないのだ。おそらくルーリエの容体は快方に向かっているのだろう……。であれば、もう一度病に倒れてもらうしかあるまい」

数年寝台から起き上がることができなかった娘が今一度床に伏せても大して不審には思われまい。

こちらには、数百年培った知識があるのだ。

ミラジェス公爵は昏い笑みを浮かべた。


パンケーキの日のエトワルム散策はおしのびということもあり、ルーリエは濃い青色のスカートにブラウスを合わせた姿で街に降り立った。

隣を歩くベルナールは茶色の上着の下にブラウス、ズボンという簡素な出で立ちをしている。腰から剣を下げているため非番の剣士にも見えなくもない。

エトワルムは活気のある街だった。楕円《だえん》形の街の半分が、蛇行するリート川の内側に作られているため深緑色の川ぎりぎりに建物が連なるように建てられている。

ルーリエは街一番の大通りをベルナールと手を繋いで歩く。今日は人出が多いため、はぐれないようにとのことだ。

青い空と白い雲のコントラストという心が洗われるような気持ちの良い陽気に、街の住民たちの顔も明るい。

通り沿いには木製のテーブルと椅子が並べられ、大人も子供もにこやかな顔でパンケーキを頬張《ほおば》っている。テーブルの上にはソーセージの皿やパンの籠も同居している。

建物を見上げると窓辺の飾り台にはゼラニウムやパンジーなどが飾られていて、この賑わいに文字通り花を添えている。

「至る所からいい匂いがしてきますね」

バターを溶かす匂いやソーセージを焼く香ばしい匂いなどが入り交じり、胃袋が大層刺激される。

「あなたが気にしないのであれば、どこかで食べ物を調達しようと思うのだが」

「それはつまり買い食いという行為ですか？」

「まあそうだな。しかし一体どこでそのような言葉を覚えたんだ？」

「わたしは精霊殿に出入りをしていましたから。聖女の力を有して生まれてくる人間に身分差はありませんわ。一緒に浄化活動をしていますと、連帯感を持つようになるのです。そうして仲良くなった聖女から町での生活を聞いたことがあるのです」

ラヴィレで発生する黒い霧は強い。

浄化活動の際は、毎回ルーリエの補助という形で数名の聖女も同行した。同じ任務を行い、互いに労っているうちに挨拶以外にも言葉を交わすようになり、時には町での生活を尋ねたりもした。

将来王太子妃となるのだから民の生活がどのようなものか知っておきたいと思ったのだ。そのように言えば精霊殿のお偉方も強く止めることはなかった。

「祭りの日のためにお小遣いを貯《た》めておくのだそうですわ。そうして幼馴染みたちと一緒に買い食いをするのだそうです。一皿を複数人で分け合えば数を制することができるのだそうで、それも楽しいのだとか」

以前聞いた知識を得意になって披露しながら店を見て回る。

物珍しくて左右交互に顔を動かすルーリエに、軒先から「お嬢ちゃん、うちのソーセージを食べていくかい？」や「うちのキッシュも美味しいよ」などの声がかかる。

どれも魅力的で悩ましい。

「この街には移動魔法陣はないが、リート川を介した交易で昔から人や物が集まるから食べ物の数も多い。あなたが気に入るものが見つかればいいのだが」

魔法省が管理する移動魔法陣は便利だが、利用できるのは料金を支払う余裕がある者に限られる。移動魔法を発動させるには一定以上の魔力が必要のため、そう簡単に使えるものではない。使用するのは必然的に特権階級や余剰資金を持った市民に限られる。

また、一度に移動させられる物量には限りがあるため、交易という面ではたくさんの量を積み込める船という手段が重宝される。

ベルナールの説明を聞きつつ、ルーリエは悩んだ結果キッシュを選んだ。酪農が盛んだというリーゼンマース領では新鮮な乳製品が手に入る。

バターをたっぷり使ったパイ生地に、ベーコンと玉ねぎを混ぜ合わせた卵液を流し入れてオーブンで焼いた料理は、口に入れると小麦とバターの風味がいっぱいに広がった。ベーコンの塩気と玉ねぎの甘さが絶妙に合わさり、きゅっきゅっと噛みしめる。

「こちらも食べるか？　美味しいぞ」

「いいのですか？　では遠慮なく」

美味しい料理の前に遠慮が吹き飛んだ。ベルナールが頼んだ腸詰肉の盛り合わせをご相伴に預かる。焼きたての腸詰肉を噛みしめ、頬を蕩《とろ》けさせるその様子をベルナールが微笑ましそうに見守っている。

二人で同じ味を分け合うことができて幸せだ。

（あああ〜、健康って最高っ！）

この一言に尽きる。

「そろそろレース会場へ向かおう。間もなく始まる時間だ」

皿を空にしたのち、ベルナールに促され立ち上がった。

この地方の特色でもあるフライパンレースの由来はこうだ。

その昔、とある町の有力者が領主から支給された小麦粉を着服し、商人へ横流しをしていた。それは翌年もそのまた翌年も繰り返された。

ある年、もう我慢ならないと町の主婦たちがフライパンを片手に横領した者を追いかけた。

この事件が元となり、リーゼンマース領を含めたこの地方一帯では毎年フライパンレースが行われるようになったのだそうだ。

「どちらで観覧しますか？」

「やはり一番盛り上がるのはゴール付近だろう。エトワルムは街の半分がリート川で囲われている。レースは大通りをスタートして、橋を渡り街の左外周を回り今度は北側の門から入り、中央広場へ戻るんだ」

皆考えることは同じなのか、ゴールに設定されている広場は多くの人々で埋まっていた。

「今年もボーバル夫人が勝つかね」「そうなると十五年連続優勝か。そろそろ引退しろよ」「今年は案外、ダークホースが現れるかもしれないぞ」などいう声が風に乗って聞こえてくる。

「ベルナール様、ボーバル夫人とはどなたなのでしょうか？」

ルーリエは好奇心に駆られて尋ねた。

「エトワルムでフライパンレース連続優勝記録十四回を持つご夫人だ。彼女の一強状態が続いているから、これを崩す者が現れるかどうかの予測を立てて皆盛り上がる」

「まあ……。十四年も。それはすごいです」

二人はひそひそと小さな声で会話する。ベルナールは一度視察がてらレースを鑑賞したことがあると続けた。その時の優勝者もボーバル夫人であった。

発端となった事件に合わせてレースの参加資格は女性だけだ。その昔は主婦だけだったのだが、時代を経た今では未婚既婚問わず参加できるとのことだ。

「わくわくしますね」

ルーリエは広場に建つ時計塔を見上げた。ちょうどレース開始時間だ。参加者たちは今頃一斉に走り始めたことだろう。

それなりの距離をフライパン片手に走るため、こちらに参加者たちが到着するまでには十分程かかるだろうと教えてもらっている。

今年もボーバル夫人が優勝するのだろうか。もしくは颯爽《さっそう》と現れた新人が栄光の座を掴むのだろうか。早く戻って来ないかなあとうずうずしていると、通りの奥から大きな声が聞こえてきた。

叫び声を聞いた人々の動揺が徐々に伝播《でんぱ》する。ただ事ではなさそうだ。

(どうしたのかしら?)

ルーリエは人々の声に耳をそばだてる。

「街の外に瘴気が発生したらしい」

「レースコース近くの茂みだそうだ」

「この街にも瘴気が流れてくるのではないか?」

「そうなったらどうするんだ？　この街に聖女様はいないのに！」

思いもよらない単語に心臓が跳ね上がる。

「瘴気って……まさか」

ルーリエは思わずベルナールを仰ぎ見た。彼と視線が交錯する。

以前彼は言っていた。リーゼンマース領にはもう何年も瘴気が発生していないと。

瘴気は世界のあらゆる場所で発生する可能性がある。そのため各地に鎮座する精霊殿には聖女が住み、瘴気の浄化に努める。

各町や村には精霊信仰のための建物があるものの、聖女は一定の規模の街に集められ集団生活を行っている。これは彼女たちの身を守るための措置でもあった。不届き者が聖女を拉致しその力を占有しないようにするためだ。

ベルナールが人波を縫って動き始める。

人々は瘴気に慣れていないのだろう。不安の声を上げながら建物内へ駆け込む者、どうしたらいいのだと、近くの人間に詰め寄る者など、様々な反応を見せている。

ルーリエは、彼らを掻き分け街の外へ急ぎ足を向けるベルナールのあとに続いた。

「街に常駐する騎士たちと合流する。まずは発生した瘴気の規模を確認する」

「わたしに浄化させてください」

ルーリエは即座に言った。

「だが……あなたの背中にはまだ魔法陣が残っている」

ベルナールが迷う顔を作った。

光のいとし子であるルーリエが浄化に当たるのが最善であることを彼も理解している。

「確かにわたしの治療はまだ続いています……」

彼が何を懸念しているのか、ルーリエだって分かっている。おそらく、瘴気へ近付けば影響は免れないだろう。それがどの程度なのかも未知数だ。

ルーリエの身を案じてくれるベルナールに、胸の奥が熱くなる。

「ですが……エトワルムはすでにわたしの街でもあります。だから皆を守りたいのです。ベルナール様は、魔法陣もずいぶん薄くなったとおっしゃっていたではないですか。大丈夫。わたしの力はそこそこ強いので、瘴気を吸い取る前に浄化します」

ルーリエはにっこり不敵な笑みを浮かべた。

瘴気になど負けない。こういう時は気持ちから入った方がいい。

「それに、わたしがベルナール様と別行動になれば、おそらくどなたかが護衛に付いてくださるのでしょう？　今は一緒に行動して、一人でも多くの騎士を住民たちの避難誘導に当てるべきかと」

さらに提案すると、ベルナールはしばし押し黙り、「あなたは強いな」と言いながら頷いた。

それは合意の言葉も同じだった。

ベルナールと一緒に現場へ向かう。最初は彼の隣を並走していたのだが、持久力では負ける。

途中で息が上がったルーリエを、ベルナールが「失礼する」と言い横抱きにした。

彼はそのままの状態で街の端へ走った。その途中、大慌てで走り戻る参加女性たちとすれ違った。

「現状を報告しろ」

「公爵閣下！　レースコース近くの茂みで突如瘴気が発生したとの報告を受けております！」

ベルナールが声をかけると、騎士団の上役と思《おぼ》しき制服姿の男が背筋を伸ばした。

伝わってきた内容と大差はなかった。

「住民たちは風上へ避難させる。騎士団員たちは混乱が起きないよう誘導に当たってくれ。それから、魔法使いたちには結界を張るよう要請してくれ」

瘴気は発生すると煙のようにもくもくと広がっていく。浄化以外の対処法で有効なのは、瘴気が広がらないよう結界を張ることくらいだ。だがそれもいつまで持つかは分からない。濃度の高い瘴気の場合、魔法をも凌駕《りょうが》するからだ。

結局のところ、瘴気に対抗できるのは、聖女もしくは光の精霊の血を受け継ぎ浄化能力を開花させた者たちのみなのだ。

「馬を借りるぞ！」

「閣下自ら赴くのですか？」

「当たり前だ。私はこの土地の領主なのだからな」

騎士の一人が黒毛の馬を連れてきた。ベルナールが馬の首を撫でる。澄んだ目をした馬はベルナールの意思を汲むように大人しく佇む。

先にベルナールが馬に跨《また》がり、ルーリエを引き上げてくれた。

ベルナールが合図を出す。馬はゆっくり歩き出し、駆ける速度を上げていく。

そういえば、乗馬は初めてだった。横座りの姿勢でベルナールの体に両腕を回し、振り落とされないよう必死にしがみついた。

「おまえたちは住民たちの避難誘導に回れ！」

途中出会う騎士たちにベルナールが指示を飛ばす。

徐々に空気が重たく、澱《よど》んでいくのが分かった。気配が違う。覚えのある禍々しいそれに、背中がぞくりと冷えていくの分かった。

それは久しく忘れていた瘴気特有の嫌な兆しだった。人の心に影を落とす澱んだ空気。不快なそれらの濃度が高まっていくのを敏感に感じ取る。

そのような中、二人を乗せた馬が歩みを止めた。彼も本能で分かるのだ。これ以上進んではいけないことに。

発生源に近付けば近付くほど瘴気の影響は強くなる。

「ここからは歩いて進もう。結界を張る。私の側を離れないように」

黒い靄《もや》が木々の間から漏れ、上空へと広がり始めていた。

ベルナールが結界を張ってくれたおかげで、呼吸が楽になったような気がした。

さらに奥に進もうとしたその時、背後から「ベルナール様！」と追いすがる声が聞こえた。聞き覚えのあるそれは、従者のアティリオのものだ。

「おまえは避難しろ」

「しかし！」

二人の横でルーリエは内心、まずいわ、とひとりごちた。

強い瘴気だ。体の奥から警鐘が鳴った。

（この感じ覚えている……）

手先が僅かに震え始める。思わず足を一歩後ろに引いた。体が重たくなる感覚に、今ならこれが体に瘴気が吸い込まれているのだと理解できる。

ルーリエはごくりと喉を鳴らした。体の底から恐怖がせり上がる。瘴気に体を犯され蝕まれていた際の独特の苦しさがまざまざと蘇《よみがえ》った。

（わたしはベルナール様の妻だもの。ここで怯《ひる》んでいたら、元いとし子が泣くわ）

黒い霧を前に怖気が全身を襲うのは確かだ。震える心を叱咤し、ルーリエは前に出た。

「王都と同じくらいの強い瘴気です。ちゃっちゃと浄化しちゃいましょう」

ルーリエはとびきり明るい声を出した。

強気は無敵に通じる最大の暗示。心の中で呟く。わたしは、やれる。

黒い霧を浄化するのに、目の前に行く必要はない。ある程度の場所からでも浄化はできるのだ。

「万全ではないあなたに頼ることになる。すまない。そして、ありがとう」

「いいえ、いいのです。ベルナール様のお役に立てることが嬉しいのですから」

ルーリエは今度はふわりと微笑んだ。

慢性的に黒い霧を浴び続ければ、人間も動物も生きる気力と体力を失う。やがては無気力になり、動けなくなり、最後は体の身体機能が止まってしまう。

そう、死ぬのだ。

黒い霧の浄化が間に合わず、過去には数えきれないほどの土地が放棄された。そのような土地は今でも世界各地に点在している。

ルーリエは数回、深呼吸をした。久しぶりの浄化行為だ。気持ちを静め、両手を胸の前で組む。

大丈夫。力の引き出し方も古の歌もちゃんと覚えている。


光は始まり。原初の理《ことわり》。祝福よ、この地へ降り注げ。

全てを祓《はら》う癒《いや》しの光よ。歌となり、風となり、世界を満たして。

闇を払え。黒き常闇を消し去れ。

世界に光の祝福を。

優しき光よ。この歌の旋律と共に、浄化したまえ。

それは、幼い頃に教わったミラジェス家に伝わる古い言葉。忘れ去られた精霊たちの言葉だった。

原初の精霊が愛《いと》おしい妻に伝えた浄化の歌は代々口伝でのみ継承される。

初めてその歌を聞いた時。ルーリエの脳裏には意味が浮かんだ。

これは聖女にも歌えない特別な歌。光の精霊の血を引く者のみが習得できる浄化の歌。

歌い始めたルーリエの周りに光の粒子が生まれ、瞬く間に溢れかえる。

今頃、自分の髪は黄金色へ変化していることだろう。

歌っているさなかも体の中へ何かが侵入するような嫌な感覚に襲われる。

この独特な気持ちの悪さも覚えている。まだ寝たきりの状態に陥る前に、体調を崩し回復しない中浄化活動を行っていた。

あの時、浄化をしきる前に強い負荷が体にかかった。今なら分かる。おそらく、浄化への最後の抵抗とばかりに魔法陣が刻まれたルーリエの体内めがけて黒い霧が襲いかかってきたのだろう。

今回も同じだ。黒い霧は逃げ場所を求めるように、ルーリエの体にまだ残る魔法陣へ引き寄せられる。

それでもルーリエは繰り返し歌った。大きく広がった光が黒い霧を包み込む。

浄化が始まる。常闇の欠片でもある黒い霧が光の力を前に無効化されていく。

霧が徐々に晴れていく。無事に浄化が済んだのだ。

「あっ……」

ガクンと力が抜けた。

「ルーリエ！」

力強い腕がルーリエの背中に回された。ベルナールに心配をかけたくない。しっかり自分の足で立たないと。けれども、久しぶりに力を使ったせいもあり、体がいうことを聞いてくれない。

貧血のような状態に陥ったルーリエは、ベルナールによって早急にコルツェン城へと運ばれた。

ルーリエの淡い薔薇色の髪が眩しく光り、黄金色に染まっていく光景をベルナールは呆然と見つめていた。

（これが光のいとし子の力……）

光の精霊の血を引くミラジェス公爵家に生まれる女児の多くは、薔薇色の髪を持つだのという。

それは、彼らの始祖にあたる光の精霊の最愛の女性が薔薇色の髪を持っていたことに起因する。

妻を愛していた精霊はその色を祝福として子供たちに授けた。この特徴は浄化能力の高い娘に顕著に表れるのだと何かの折に聞いたことがあった。

浄化能力を使用する彼女たちはまばゆい光に全身が包まれる。そして光の精霊と同じ黄金色に輝く髪へと変化するのだ。

知識として有していた現象がベルナールの眼前で繰り広げられていた。

光の粒子が霧散し、黒い霧と呼ばれる瘴気を覆う。古の歌に導かれるように、光が辺りを包み込み、瘴気を浄化していく。

その光景にベルナールは見入った。側で控えるアティリオも同様だった。

いつの間にか黒い霧はきれいに消えていた。

ルーリエが両手を解いた。

彼女に声をかけようとしたまさにその時。その体がぐらりと傾いだ。

「ルーリエ！」

ベルナールは慌てて彼女の体を支えた。その顔は真っ白で力が入らないのか、動くことすらできない様子だ。

「だ……いじょ……ぶ」

このような状況下であっても、彼女は気丈に微笑もうとする。

ベルナールはぐっと歯を食いしばった。彼女の体には未だに瘴気を吸い寄せる魔法陣が刻まれているのだ。

「私はすぐにコルツェン城へ戻る！　騎士たちへの指示はおまえに任せる。黒い霧は消えた。避難を解除し、住民たちを順次帰宅させる」

「かしこまりました」

簡潔に伝えるとアティリオが礼を取った。

ベルナールは、体を押してまでエトワルムの住民たちのために浄化を行ってくれたルーリエを急ぎコルツェン城へと連れ帰った。

いつの間にかルーリエは意識を失っていた。

不安と恐怖で胸が押しつぶされそうだった。魔法陣が作用し、彼女の体内に黒い霧が取り込まれたのだ。彼女が苦しむ様など見たくはない。

ベルナールはルーリエに刻まれた魔法陣の解呪作業に取りかかった。力でねじ伏せればこの魔法陣を刻んだ相手に知られる可能性がある。それを避けるために回り道を選んでいたが、そのせいで今彼女は苦しんでいる。悠長なことなどやってられるか。

(誰からであろうと絶対に守ってみせる。ルーリエは私のものだ！　誰にも手出しさせない)

そう決意し、ベルナールは魔法を使った。

手のひらに魔力が集まる。なるべく彼女の負担にならないように、消えかけた魔法陣の根本を、鎖を切るように魔法の力を砕いた。

手ごたえを感じ取ったベルナールは詠唱を止めた。

ルーリエの肌に手を当てる。意識を集中させ、彼女の体内に魔法の欠片が一つも残っていないことを確認する。

「ルーリエ、あなたの中に巣くう悪い魔法は全て解いた。もう大丈夫だ」

「ベル……ナール様？」

その声が届いたかのように、ルーリエがうっすら目を開けた。

「もう大丈夫だ。あなたに刻まれた魔法陣を全て解呪した。あとはゆっくり眠って体を休めてほしい」

「ありがとう……ござい、ます」

ベルナールはルーリエの頭を優しく撫でた。彼女は無防備にほわりと微笑んだのち、すうすうと寝息を立て始めた。

安らかに呼吸する彼女の様子をしばしの間確認したのち、ベルナールはそっと部屋を退出した。


翌朝、ルーリエはすっきりとした爽快感と共に目を覚ました。前日の体調不良もなかったかの如く体が軽くなっていた。どうやらがっつり熟睡をしていたようだ。

寝台横の紐《ひも》を引っ張り、目覚めたことをクララに知らせると、やがて入室した彼女に大げさに安堵《あんど》された。

訪れた朝食会場ではベルナールにも入念に体調を確認された。

彼にこれ以上心配をかけまいと、ルーリエはいつも以上に元気よく朝食を頬張った。カリカリに焼かれたベーコンとトロトロのスクランブルエッグの組み合わせが最高すぎて、気がつけばお代わりをしていた。

はたと我に返ったのだが、乙女として好きな人の前でたらふく食べるのはいかがなものだろうか。

でもベルナールに「こっちのパンも美味しいからおすすめだ」とカラメルと混ぜ合わせた木の実を

包み込んで焼いたパンを渡されれば、本当にその通りで。

彼もこうしてルーリエが食欲を見せるのを喜んでくれるからいいか、ともぐもぐと食べ進めた。

「エトワルムの様子はいかがですか？　もう黒い霧は発生していませんか？」

お腹も満たされ、ホットミルクを飲みながらルーリエは尋ねた。

「あなたのおかげで黒い霧は完全に浄化された。早急に対処できたおかげで、エトワルムの民たちは恐慌状態に陥ることもなかった。改めて礼を言う」

「いいえ。皆さんが無事ならよかったです。でも、油断は禁物ですよ。ラヴィレに発生する黒い霧は頑固な油汚れ並みにしつこかったので」

「それはまた、言い得て妙な例えだな」

「ふふっ。知り合いの聖女がそう例えていたので真似《まね》をしてみました」

ベルナールがくすりと笑ったため、ルーリエもつられた。

だがそれも一瞬で、すぐに彼は難しい顔になった。

「リーゼンマース領ではずいぶん長い間黒い霧の発生はなかった。だからラヴィレの住民たちに比べると瘴気に対する恐怖心が強いのだろう。領主として情報収集に努め、今後の対策を練らなければならない」

「遥《はる》か昔、光との戦いに敗れた常闇は異界へ追い払われました。けれども世界には異界へ繋がるひずみ、もしくは境界があいまいな場所があって、そこから常闇の嘆きがこちら側に浸食する。これが瘴気、通称黒い霧の正体です。異界との境が薄くなってしまった場所ができてしまったのかもしれません」

それは誰もが知る創世神話とこの世の理だ。異界から染み込む黒い霧は、世界中どこにでも発生する可能性がある。

「街の近くというのが厄介だな」

「こればかりは仕方がないですね。あちらとこちらは表裏一体。どこにひずみができるのか、誰にも分かりません」

ルーリエはゆるゆると首を振った。

長い時間をかけて作り上げた街に異界とのひずみができてしまうこともある。そしてこの修復は人では無理なのだ。

そのため、この国ではラヴィレ近郊に発生する黒い霧の浄化に光のいとし子があたっている。

「今後の対策を考えなければならないな。私は一度、現場検証に行ってくる」

「わたしもお供しましょうか？」

「今は大丈夫だ。あなたは体を休めておいてほしい」

彼がそう言うのなら、出番はなさそうだ。またいつ黒い霧が発生するか分からないし、今はしっかり休んでおこう。

ルーリエは立ち去るベルナールの背中を見送った。

昨日の瘴気発生現場には立ち入り禁止措置が施されていた。

周辺の木々に縄を結びつけ、木札が掲げられているという簡易的なものだが、近辺にはベルナールとアティリオ以外の気配はない。

現場は静寂に包まれていた。

瘴気発生現場はエトワルムの街の外周道沿いのため、通常であればそれなりに人の行き来がある。けれども、今日に限ってはその数はまばらだ。皆避けているのだろう。

ルーリエがしっかり浄化を行ってくれたおかげか、空気は澄んでおり、嫌な気配などみじんも残っていない。

「こうしてみると、黒い霧が発生したこと自体が夢のように思える」

「発生源と思しき場所だけ木々が枯れていますけれどね」

独り言に返事があった。アティリオの指摘通り、緑茂る中である一か所だけ、木や草が枯れていた。

それはまるで火事の現場とも見紛《みまが》う光景だ。

ベルナールはその中心へと足を踏み入れ、枯れた木々を見上げる。黒い木々の隙間から覗く空は青く、どこからか鳥のさえずりが聞こえてきた。元は生命力豊かな木々が無残に朽ちたその姿は異様だが、それ以外は何もかもが平穏だった。

「異界との境界が曖昧になり、歪《ゆが》みから瘴気——黒い霧が発生する……か。今後同じようなことが起こるようになるのか、それとも常闇の気まぐれによるものなのか。一介の人間には分からないことが多すぎる」

王都に発生する黒い霧への対処は基本的に聖女と光のいとし子に任せており、精霊殿の神官たちが取り仕切っている。国内で発生した黒い霧も同様である。専門知識を持った人間が現場へ赴くため、ベルナールは本から得た知識を有するのみだ。

念のためにと、ベルナールは体の中の魔力に意識を遣《や》り、周辺の気配を念入りに探る。探査魔法の一種である。次に瘴気が発生するかもしれないこの世界と異界とのほころびを人間が感知できるのかどうか。

それでも、やらないよりはましである。

神経を研ぎ澄まし、集中し魔力を振るっていると、微かな反応があった。

「……何だ？」

ベルナールは探り当てた箇所へ視線を向けた。朽ちた木々の近く、被害のない木の枝に何かが引っかかっている。何かの予感に突き動かされるように、魔法を使い手元に引き寄せた。

羊皮紙である。インクで文字が書かれていた。

（古語か……？）

おそらく魔法陣が記された一部なのだろう。ある法則に則って古語が書かれているが情報量が少ないため、初見ではどのような効力を引き出す魔法なのかまでは分からない。

ベルナールはもう一度探査魔法を使った。今度は範囲を広げる。

もう一か所反応があった。先ほどと同じ羊皮紙の欠片を見つけた。これにも古語が書かれている。

「昨日、この近辺で魔法を使った者はいたのか？」

「そのような報告は受けていませんが、ただちに調査するよう命じます」

アティリオの後ろ姿を見送ったベルナールは険しい視線を紙片に落とした。


同じ日、夕食が済み、談話室で三十分ほど寛いだところで、ベルナールが立ち上がった。

「おやすみ、ルーリエ。良い夢を」

微笑を浮かべたベルナールのその言葉に、ルーリエはハッと思い至る。

（そうだわ……。もう魔法治療が終わったのだから、このあと……朝までベルナール様とお別れ……）

いつもなら寝支度を整えたあと、ベルナールが部屋を訪ねてきてくれた。

治療が終わったあと、他愛《たあい》もない話をして。一緒にいる時間を少しでも長引かせたくて。

でも時が来れば彼は部屋を辞してしまって。その途端に部屋が広く感じられて。

それでも、今まではもうあと一回、治療という名の逢瀬《おうせ》が控えていた。

それが、今日からはないのだ。

たちまち胸が寂寥《せきりょう》で埋まっていった。

（ベルナール様はおっしゃったわ……。治療が終われば……わたしを……）

あの日の彼の眼差しを思い出す。胸が焼けるように熱くなった。

「あ、の……」

気がつけば、ルーリエはベルナールの袖にそっと触れていた。

「どうした？　体が辛いのか？」

ルーリエはふるふると小さく首を振った。

あなたに触れてほしい。本当の妻にして。

一度ベルナールに視線を合わせ、すぐに瞳を伏せた。高まる衝動と共に唇から声が漏れる。

「もっと……一緒にいたいです。ずっと、朝まで」

「！」

ベルナールの息を呑《の》む音が聞こえてきた。

ルーリエは慌ててベルナールから手を離した。

「すみません！　こんなの……淑女が話す内容ではなかったですね」

明るく笑い飛ばそうと、からりとした声を出したその時、強く抱きしめられた。

「先日、治療が終わったら……、と。そう話したのを覚えているか？」

耳元に喘《あえ》ぐような高ぶる熱情を抑えて冷静さを保つような声が落ちてきた。たちまちに胸の鼓動が早まった。

「はい。もちろんです」

「ルーリエ、体はもう大丈夫なのか？　このまま……あなたを攫《さら》ってしまってもいいのだろうか」

「わたしは……ベルナール様に攫われたいです」

ルーリエはぎこちなく頷いた。その先に待つものを知る、覚悟を伴ったそれに、ベルナールの纏う空気が変わった気がした。

「ルーリエ」

切なげな声で名を呼ばれたのちベルナールに抱きかかえられた。

運ばれたのは、ベルナールの寝室だった。

彼は大きな天蓋付きの寝台の上に、そっとルーリエを下ろした。

室内にはサイドテーブルと窓辺に一人掛けの椅子が二脚あり、何気なく見たマントルピースの上には精巧な置時計や家族の細密画が飾られている。

「今日からここがあなたの眠る場所だ」

ベルナールが寝台に上がった。その顔がすぐそこまで近付いてくる。

二人は引き寄せられるように唇を合わせ、舌を絡め合う。

もう何度も交わしたそれを最初からなぞるようにベルナールはゆっくりとルーリエの口内を味わう。

上顎をくすぐられ、口内を余すところなく舐られる。かと思えば舌先を優しくなぞられ、息を漏らしてしまう。

「んっ……んん」

ゆるりと押し倒され、薔薇色の髪が敷布の上に広がる。

ベルナールは執拗にルーリエの口腔内を攻め立てた。上顎の内側を丁寧に撫でられるたびに腰がびくびく動いた。ここが弱点だとすでに知られている。いつもはこんなにも何度もしないのに、今日は容赦がない。

体が震えるたびにお腹の奥に熱が溜まる。逃がす場所がなくてルーリエはいつも体内に宿る熱情を持て余すのだ。

及び腰になるルーリエを宥《なだ》めるように彼の舌に優しくくすぐられる。

口付けに没頭する間にベルナールの手がうごめき、ルーリエの室内着の裾をめくりあげる。滑らかな白い肌の上をかさついた指先が辿る。

体が震え弛緩した。動いた隙に両足がうっすら開いてしまった。ベルナールはそれを見逃さず、ルーリエの両足の間にするりと入り込む。

ベルナールの手がルーリエの胸の膨らみの上に置かれた。布越しに胸をまさぐられる。そのたびに体が揺れた。

布越しとはいえ、彼の指が触れていく感覚を肌が鋭敏に拾う。

やがて胸の頂の上がぷくりと膨れ上がった。

彼に触れられている。そのことが、体をおかしくする。彼に求められている事実がじわりと胸に染み込んだ。

たっぷりとルーリエの口腔内を舐ったベルナールはその身を僅かに起こし、室内着を剥いでいく。布ずれの音に頬がうっすら染まるのが分かった。

あっという間にシュミューズ姿に剥《む》かれた。今日は一日室内で大人しくしていたから、この下につけているのは柔らかな布製のコルセットだけだ。それすらもあっさり取られてしまった。

ひやりとした空気に素肌が晒され、ぞわりと粟立ったのは一瞬のこと。

すぐにベルナールに見下ろされていることに意識が向き、体が熱くなった。

「きれいだ」

「……まだ……あまり肉付きがよくないのです」

たまに宮殿で見かけた豊満な体つきのご婦人とは程遠い。クララ曰く、食べる量を増やしても全部が胸につくとは限らないそうで、それも悩ましいところだった。

「私にとっては、あなたが世界で一番美しい存在だ」

「もう……そういうところです」

「ん？」

「あなたがわたしを褒めるたびに胸の奥がぱちぱち弾けて、じくじくと頬に熱が溜まるのです」

「確かに。うっすら頬が色づいている」

そう言ってベルナールが再びルーリエの唇を塞いだ。

今度も長く口付けをしたのち、ベルナールがルーリエの首筋に顔を埋めた。首筋から鎖骨を舐《な》められる。それから時折強く吸いつかれもした。

皮膚の薄い箇所を彼の舌がうごめいていく。

「あっ……あんっ……」

出すつもりのなかった声にびっくりした。

甘ったるくて媚《こ》びるような声が自分の口から発せられていることが信じられない。

「変な……声が、出ちゃ……」

恥ずかしさに身悶《みもだ》えすると、ベルナールがルーリエの胸の上に手を置いた。

誰にも触れさせたことのない場所を男の大きな手でまさぐられる。

彼はまるで壊れ物を扱うかのように慎重に胸に触れた。力加減を間違えないようにと、慎重な手の動きが、やがて熱に溶かされたかのように強くなっていく。

ルーリエの胸が、男の手の中で柔らかさを増していく。男を誘うように形を変えた。

「ふぅ……あっ……ああ……こ、声……」

「私だけが聞くことができる可愛らしい声だ」

「だって……恥ずか……しぃ」

「この声は、あなたが私の愛撫に悦くなっている証拠だ。恥ずかしがらなくていいんだ。私にしか聞こえない」

だからそれが恥ずかしい。そう訴える前に一度乳嘴をくるりと指の腹で押されたため、甘い声と同時に腰が浮かび上がった。

それからルーリエはずっと高い声を出し続けた。

左右両方の胸を等しく揉《も》みしだかれ、ぷくりと勃つ突起を指の腹で押され弾《はじ》かれる。

お腹の奥がずくずくと蠢き、足の付け根に違和感が生まれ始める。

じわりと湿りけを帯びたことに、昔習った閨教育が頭の奥を掠めた。きっと、夫となった男性を受け入れる準備を始めたのだ。

「あなたはとても美しい」

ベルナールの吐息が肌を撫でた。胸の下、腹をつぅっとなぞられればぞくぞくした。

彼の唇がルーリエを余すところなく辿る。ざらりとした舌の感触に声を漏らし続けた。

「あっ……だ、だめ……、くすぐったい……です」

「くすぐったいのではなくて感じているんだ。ルーリエはとても敏感だな」

「それ、やぁ……」

舌ったらずな口調でルーリエは身をよじった。ベルナールが腹の上をつぅっと舐め上げたのだ。

それだけでは終わらずに胸の膨らみにかぶりつき、指と舌両方で舐られる。舌で乳輪をなぞられ反対側の乳嘴は指で弾かれる。

そうされれば強烈な愉悦がルーリエの身を突き抜け、一層高い声で啼いた。

「も、もう……だめ……体が……あつ……い」

生れてはじめて刻まれる愛撫に翻弄され、息も絶え絶えに訴えた。

「本当だ。ここがこんなにも熱くなっている」

ベルナールの指がルーリエの下腹部へと到達する。下着の中へ差し入れられた指先が捉えたのは足の付け根の奥。普段自分でも滅多に触れない場所。

誰にも暴かれたことのない硬い蕾をベルナールの指が解いていく。まだ男を知らない花弁をベルナールの指が何度もさする。

ベルナールがぱくりと乳嘴を咥えた。それと同時に下腹部の花弁に押し入ろうとする。

胸への刺激が強大で、花弁に侵入する異物への違和感が和らいだ。それどころではないとも言えた。

寝台の上に押さえつけられたルーリエはベルナールに翻弄される。

彼がこんなにも強い情欲を隠していただなんて知らなかった。本気で食べられてしまいそう。

ベルナールの指を受け入れた花弁は奥からとくとくと蜜を溢れさせる。

やがてくちゅくちゅと水音が耳に届くようになった。

花弁を割り、指の腹で何度も擦られ撫でられるたびに背筋がぞくぞくしてお腹の奥がむず痒くなった。跳ね上がる体はベルナールによってがっちりと覆われている。

ベルナールは時折ルーリエを宥めるかのように口付けた。柔らかな唇の感触を味わうように嘗《な》め、

優しくくすぐるかのように舌をかき回す。

その間も彼はずっとルーリエの秘裂を指でかき回し、やがて奥に隠された花芽を探り当てた。

これまで以上の刺激に喉を反らした。そこはだめ。そこを擦られると頭がくらくらする。

そう言いたいのに、口から漏れるのは嬌声《きょうせい》だけだった。

「やぁ……あぁ、んぁ……！」

ベルナールが花芽を擦るたびに体の奥に大きなうねりが生じる。それは腹の中に留まり渦巻き、外へ発散される時を待っている。

とくとく、と蜜がさらに溢れた。それを指に絡めつつ、ベルナールの指が花芽を潰した。

「あぁああぁっ……あぁ」

理性を凌駕するような強烈な何かに襲われた。

ルーリエの声が天井に吸い込まれる。今の感覚の正体も分からぬままベルナールによって高みへと引き上げられた。

寝台に沈んだルーリエは焦点が合わぬままぼんやりと虚空を見つめていた。

体を動かすのもしゃべるのも億劫《おっくう》だった。

ベルナールがルーリエの両足を持ち、左右へ大きく開いた。彼の目の前に隠された部分がさらけ出される。たっぷり蜜で濡《ぬ》れた場所に視線が突き刺さる。羞恥にじわりと涙が滲《にじ》んだ。

「や……み、見ないで」

「ルーリエ、あなたの全てが知りたい」

「だって……、今のわたし……こんな……」

閨での行為は知識として知っていたけれど、こんなにもおかしな声が出るのも強烈な愉悦に襲われるのも知らなかった。考えたこともなかった。

「あなたの全てを知るのは私だけでいい」

ベルナールが独占欲をちらつかせる。ルーリエへの想いの深さの一端を見せた彼は身をかがめ、ルーリエの秘所のあわいに口付けた。

「ああっ、そこは……あっ、あ……ベル……ナールさまぁ……やぁ」

ルーリエは頭を左右に振った。秘所に口付けた彼は、舌を使い秘裂の先にある蜜道へ割り進む。

信じられない光景に必死に訴えるのにベルナールは一向に顔を上げようとしない。

逃げようと体を揺らせば両方の腰に手を添えられ動けないように固定された。

先ほどの指での刺激とは比べものにならないくらい強烈なものだった。柔らかな舌がうごめき、蜜道の奥を開拓する。

ルーリエは声を抑えることも忘れ喘ぐことしかできない。ともすれば毒にしかならないような強すぎる愉悦から逃れたい。頭がおかしくなる。何も考えられない。

一瞬が永遠のようにも感じられた。それほどの悦楽に抗《あらが》う術もなく、二度目の絶頂を迎えた。

呼吸を整える間もなく、ベルナールの舌が花芽を捕える。

再び頭の中で閃光《せんこう》が弾けた。

ベルナールは花芽を舌で慰めながら指を窮屈な蜜道へ押し入れる。男を受け入れたことのないそこは狭くて彼の指をきゅうきゅうと締めつける。

中の違和感を和らげるようにベルナールが花芽を舐る。そちらに気をやっているうちに、蜜道へ挿し入れられた指がやわやわとうごめき馴染《なじ》ませていく。

やがて中を擦る指の動きに呼応し、ルーリエの腰が震え始めた。

いつの間にか中に挿れられた指が二本に増えていた。

「も、もぅ……だめ……」

連続して悦楽を刻まれるルーリエは白旗を上げるばかりなのだが、ベルナールは一向にやめてくれない。

「ここを解しておかないと、あなたが辛い思いをする」

二本の指がバラバラとうごめいた。口淫と指戯によって全身が溶かされているようだった。

何度も喘いで啼いて。体の奥に溜まった熱い飛沫《しぶき》を逃がすかのように背中を反らす。

どのくらい時間が経過したのだろう。頭の奥がぼんやりし、声が掠れ始めた頃ベルナールが起き上がった。

布ずれの音を耳が拾う。焦点の定まらない目で見上げれば、衣服を脱ぎ捨てたベルナールがルーリエの両足を持つところだった。

ルーリエを軽々と抱き上げるくらい体力があるのは分かっていたが、均整の取れた筋肉を携えた体に胸が早鐘を打つ。自分とはまるで違う作りだ。

それは芸術家に彫られた彫刻のように無駄のない肉付きだった。その彼にじっと見下ろされれば、胸の鼓動が増した。

「ルーリエ、少し痛むかもしれない」

「……そういう、ものだと……教わりましたので……」

沈痛な声を出すベルナールにルーリエは安心させるように言った。以前受けた閨教育では初めてこの行為に及ぶ際、人によって感度は違うが痛むものだと教わった。

「すまない。一度だけ耐えてくれ」

ベルナールがルーリエの頬を撫でた。破瓜《はか》を迎える相手が彼でよかった。

そう心から思えた。目と目が合わさり恥ずかしくなって照れ笑いを零した。

ふっと空気が緩んだその時、彼の男根がルーリエの秘所にあてがわれた。

今から彼を自分の中に受け入れる。秘所に感じる熱さに背中が戦慄《わなな》いた。想像以上に太くて大きなものが押し入ろうとしている。

ベルナールが身をかがめる。ずん、と下腹部に異物が割り入る感触があった。何かに縋りたくて手を上げると彼がすかさず握ってくれた。

ベルナールもどこか苦しげな様相で、ルーリエはどうにかしてあげたくなる。

「ん……」

どのくらい入ったのだろうか。貫く衝撃は未だに続いている。

「ベルナール……様」

名を呼んだその時、ずんっと奥へ屹立《きつりつ》が到達した。その瞬間口付けられたため漏れた声はベルナールの口内へ吸い込まれた。痛みを和らげようとするかのように舌同士が擦り合わされる。

粘膜同士を擦ることで、先ほど感じていた愉悦の欠片を体が拾い弛緩した。

(これで……ベルナール様と本当の夫婦に……なったのね)

今こうして触れ合っているのが恋した相手であることに歓喜する。彼の熱を感じたくて背中に手を回した。

ベルナールがルーリエの瞳を覗き込む。

「辛くないか?」

「ベルナール様の方が辛そうです」

「男だからな……こればかりは仕方がない」

何かに耐えるように眉を顰《ひそ》める表情を指摘すると、ベルナールが苦笑を漏らした。

どういうことだろう、と僅かに頭を動かした。

ベルナールの手のひらがルーリエの額を優しく撫でる。彼は微動だにせずにルーリエが落ち着くのを待ってくれていた。

そのせいだろうか。いつの間にか破瓜の衝撃は薄れていた。

その代わり、自分の中に埋まったままのベルナールの男根の脈動を敏感に感じ取る。それに呼応するように蜜襞が蠢き、お腹の奥がきゅうと疼いた。

体の内側に起こった初めての感覚に、どうしたらいいのか分からずベルナールを無言で見つめる。

その様子を注意深く観察していたベルナールがやや掠れた声を出した。

「少し、動いてもいいか？」

こくりと頷くと彼がゆっくり腰を引いた。蜜襞を擦る屹立の感触にうっすらと眉を寄せる。

ベルナールが慌てたように動きを止めたから、ルーリエは小さく首を振った。大丈夫。続けて構わない。視線にそう意味を込める。苦しそうな彼をどうにかしてあげたかった。

やや乱れている彼の黒髪に手をやる。ルーリエの手のひらに彼が自分のそれを重ねた。

最初は探るように腰を回し動かしていたベルナールがやがて律動を刻みだす。

彼はルーリエの中から快楽を引き出そうと、胸の突起を摘まみ、蜜口の上の花芽を撫でた。

同時に湧き起こる衝動にルーリエのお腹の奥が解《ほぐ》れ、屹立からの快楽を素直に拾い始める。

「ん……んぁ……あっ」

やがて寝室にルーリエの艶やかな声が広がっていった。

ベルナールは入り口まで男根を抜き、一気に奥へ挿れる。襞を擦りつけられる得も言われぬ感覚に喉の奥から悲鳴が漏れた。

これが気持ちの良いことなのだとルーリエの体に刻みつけるように律動が速まった。

彼の腰の動きに合わせてルーリエは嬌声を上げ続けた。体中が熱くて、じわじわと何かに浸食されていく。互いの呼吸音が合わさり、それに紛れて寝台がギシギシ音を立てる。

何かに追い立てられるような心地だった。このまま壊れてしまうのではないか。下腹部から聞こえる水音に理性が千切れていく。

ベルナールがルーリエの両足を抱えた。体勢が変わりさらに深いところを貫かれる。子宮口に切っ先が当たる感覚にさらなる愉悦を教え込まれて、ルーリエは声にならない悲鳴を喉の奥からほとばしらせる。

「ルーリエ」

荒い息使いのさなかベルナールに幾度も名前を呼ばれた。

声が掠れてうまく話せない。

ベルナールの腰が大きく揺れた。ずんずんと子宮口に屹立が埋められる。その衝動に体中が痺《しび》れた。

「あ、も、だめ……、ああ、おかしく……」

「私も、だ……」

息も絶え絶えに訴えた直後、ベルナールがさらに抽挿を加速させた。

まだこれ以上の悦楽があったのだと覚え込まされ、体の内側が震えた直後、ベルナールが動きを止めた。中で彼の男根がぶるりと震え、熱い飛沫を放った。

ルーリエはそれを半分飛ばした意識の中で感じた。温かい。中も外もどちらとも。
その日ルーリエはベルナールに抱きしめられた腕の中で眠りについた。

第三章　ルーリエと忍び寄る悪意

正真正銘ベルナールの妻となった翌日、ルーリエは正式に部屋を移った。

コルツェン城の女主人に相応《ふさわ》しく、ベルナールの寝室の隣にあった部屋がルーリエのものになった。ベルナールの私室は寝室を挟んだ隣である。

さあ、これからいよいよハルディエル公爵夫人としての第一歩を踏み出そうと意気込んだのもつかの間。新たな試練が舞い込んだ。

そう、夫の両親への挨拶である。

此度の婚姻は通常のそれに比べると大変に特殊事例だ。しかもルーリエは結婚当時死にかけで、体力回復が最優先とされてきた。

そのためベルナールの両親であるルニテエール公夫妻との対面が先延ばしにされていたのである。

名実ともに夫婦となった数日後、ベルナールから両親への挨拶を打診された。一も二もなく了承した次第である。

義理の両親が住まうのは王家の直轄地、ルニテエールの土地である。領内の街には移動魔法の陣が設置されているため、まずガイマスまで出向き、移動魔法を利用することになった。

森と牧草地に囲まれた閑静な地に訪問先の城館は建てられていた。コルツェン城よりも後の時代の様式で、優美な建物は窓が多く明るい雰囲気だ。

「はじめましてお義母様、お義父様。このたびは結婚のご挨拶が遅れてしまい申し訳ございませんでした」

ベルナールとルニテエール公夫妻が再会の挨拶を交わしたのち、ルーリエはひざを折った。

「まあまあ、すっかり昔のように元気になったのね。本当に、本当によかったわ」

体勢を元に戻したと同時にがばりと抱擁された。

ルニテエール夫人からは、ふわりと花の香りがした。どこか懐かしいと思った。まだ小さかった頃、母に抱きしめてもらったことが蘇る。

「これ、おまえ。ルーリエ殿が驚いているじゃないか」

「だってこんなにも元気になったのよ。それに見てちょうだいな。ベルナールと並んだ姿が、まあ、こんなにもしっくりきて。本当にお似合いねえ」

ころころと機嫌良さそうに笑う夫人の褒め言葉に思わず赤面するルーリエである。

ちらりと隣を窺えばベルナールと目が合った。面と向かってお似合いと言われるのは照れくさい。もじもじ体を揺らすと「まあ、初々しいお二人だこと。ほら見て、あなた。とっても可愛らしい夫婦じゃない」と追い打ちをかけられる始末。

「母上。あまりからかわないでください」

ついにはベルナールがそっぽを向いてしまった。その耳が赤くなっていることに気がついて、胸の奥がくすぐったくなった。

「あらあ、耳まで真っ赤にしちゃって。いいわねえ。若いわねえ」

目ざとく見つけたルニテエール夫人が追い打ちをかける。

「こらこら。あまり息子をからかうものではないよ」

妻のはしゃぎっぷりを見かねたのか、ルニテエール公がベルナールの味方をする。

その擁護もベルナールにとってはあまり歓迎すべきものではないようで。

「あまり息子で遊ぶと、この城には近寄らないようにしますよ」

「あら、その場合はあなた一人でコルツェン城に引きこもっていなさいな。もちろん、ルーリエはここに残していってね。わたくし、昔から娘と一緒にお茶会をしたり、服地商を呼んで一緒にドレスを作ったりするのを楽しみにしていたのよ」

ベルナールが低い声で牽制《けんせい》するのも何のその。母親の方が一枚上手である。

ルーリエはほのぼのとした気持ちでその光景を見守っていた。

普段落ち着いた佇まいのベルナールだが、両親を前にして、どこか幼さが醸し出されている。彼の素顔を垣間《かいま》見ることができて嬉しい。

これから一緒に過ごすうちに、たくさんの表情に触れることができるのだろう。

「さあさ、お茶とお菓子を準備させていてよ。積もる話はあちらの席でしましょう」

夫人に促され長椅子にちょこんと腰かけた。

彼女の言う通り、テーブルの上は控えめに言ってもお菓子の大洪水……であった。

一口大に切られたケーキが複数種類、マドレーヌやクッキー、新鮮な果物が乗ったタルトにアイスクリームやマカロンもある。

四人の着席に合わせて茶器やぶどう酒の入った杯《さかずき》が準備される。

「これは……見ているだけで胸焼けしそうです」

「あなたのためじゃないもの。ぜーんぶ、可愛い義娘ルーリエのためよ。その昔、食い意地を張らせて、こっそり貯蔵棚からクリームの瓶を取り出してつまみ食いした挙句、食べすぎてお腹を痛めたのはどこの誰だったかしら？」

ルニテエール夫人がベルナールの子供時代を暴露した。

「なっ……そ、そんな子供の頃の話を、今持ち出しますか⁉」

慌てた息子を前に、夫人がつーんと横を向いた。

ルーリエはつい、くすくすと笑ってしまった。

「今は分別をわきまえている。母上が言ったことは、まだ五歳か六歳の頃の私のことだ」

「その頃のベルナール様にお会いしてみたかったです」

「それを言うなら私だって……もっと早くあなたと出会いたかった」

真摯な声に、もじもじと肩を揺らすと、「もう。二人きりの世界に入るのが早すぎてよ」という苦情が前から聞こえて、ルーリエは慌てて居住まいを正した。

そうだった。義理の両親との対面のさなかだったのを失念していた。

「今日は二人から話を聞けるのを楽しみにしていたのよ。ルーリエ、たっぷり惚気《のろけ》てちょうだいな」

こうしてお茶会は和やかに始まったのだった。


ルニテエール夫人は本当の娘に対するように優しく接してくれて、ルーリエはすぐに義母のことが好きになった。

用意された部屋は快適で、窓からは緑色の木々の隙間から池を望むことができる。室内の壁紙は淡いクリーム色で、落ち着いた意匠の家具とよく馴染んでいた。

こちらでの生活にも慣れた数日後、ベルナールがラヴィレに向け出立した。

用事があるとのことで、しかも少々時間を要するらしい。

どうやら彼が不在のさなか、ルーリエを一人コルツェン城に残すことに不安を覚え両親への挨拶も兼ねた里帰りとなったようだ。

（そういえばわたしの体に刻まれていた魔法陣が解呪されたことって犯人にも知られているのよね。平和すぎてすっかり忘れていたけれど）

犯人が未だにルーリエを狙っているのなら、ベルナールの不在の隙を突く可能性も無《な》きにしも非《あら》ず。

その点、ルニテエール夫妻と一緒であれば人の目も多く警備面も安心だ。

ベルナールをにこにこ顔で見送ったルニテエール夫人は、さっそく服地商と仕立て屋を呼んだ。たくさんの服地を前に、ルーリエよりもルニテエール夫人の方がはしゃいでいる。

ルーリエはというと、これまで黒い霧の浄化とお妃教育で手一杯で、このような経験は初めてだった。身の回りの品々は「将来の王太子妃に相応しい」かどうかで決められ、いつの間にか用意されていたし、ドレスを仕立てる際は、宮殿の女官が全て采配をしていた。

そのため、これまでのルーリエは自分の着るもの一つ意見を述べる機会がなかった。

それらのことを正直に告白するとルニテエール夫人は頬に手を当て、困ったように嘆息した。

「申し訳ありません。社交界では仕立てるドレスのセンスも問われますよね……」

「あなたが謝ることはないわ。王妃殿下はきっと、あなたにセンスを身に着けてほしくなかったのかもしれないわね」

ルニテエール夫人はルーリエにだけ聞こえる声を出した。

まだ王族の一員でもないのだからと納得していたが、確かに王家が揃う晩餐《ばんさん》の席や、昼餐《ちゅうさん》会、その他諸々《もろもろ》の席で、ルーリエの着るドレスは王妃のそれよりも簡素な意匠であった。

「過ぎたことは忘れましょう。今はお買い物を楽しまないとね。さあ、この中から気になったものを自由に手に取ってみて。心が潤うと、おのずと自分の好みが浮かび上がってくるものよ」

ルニテエール夫人の言葉に促され、ルーリエは一枚一枚布地を触っていった。同じ赤い色でも繊維によって染めに違いが出るそうで、それらを見比べるのも興味深い。

山のような服地の中からピンときたものを選び、今度は仕立て屋が用意したドレスの意匠案を繰り返し眺めた。

仕立て屋とルニテエール夫人を交え、ああでもないこうでもないと意見を出し合い、外出着や夜会用のドレスを注文するのは楽しい時間だった。

他にも、一緒に刺繍《ししゅう》をしたり、お茶会の準備をしたりと、ルーリエは彼女から貴婦人の日常を学んでいった。

彼女は近隣の領主夫人との交流も活発に行っており、ルーリエが滞在するようになってから何度かお茶会を開いてくれた。

「わたくしの可愛い義娘を紹介するわ。ルーリエ・ヴィレ・ハルディエルよ。皆、仲良くしてあげてね」

ルニテエール夫人がにこやかに宣言すれば、お茶会に出席する婦人たちは、ベルナールの妻としてルーリエを受け入れてくれた。

全員ルーリエがイグレンの元婚約者だったことを知っているはずなのだが、ここでは主催者のルニテエール夫人の意向が最優先とされるようだ。即ち、イグレンの話題は禁句というわけである。

唯一、口にされることといえば「もう体調はよろしいのですか?」や「快癒されて本当によろしゅうございましたわね」など、体を気遣う言葉だけだ。

「ありがとうございます。ベルナール様がとても良くしてくださり、起き上がれるようになってからは体力回復のための訓練にもつき合ってくださったのです」

ベルナールの優しくも頼りがいのある言動を思い出せば、ルーリエの頬は自然と薔薇色に染まった。

その初々しい姿に当てられたご婦人たちの質問責めにもルーリエは丁寧に答えていった。

「――そうしてベルナール様はわたしを塔の上まで連れて行ってくださり、励ましてくださったのです」

と、ひとしきり話し終えたところで若い娘たちが「きゃああ」と悲鳴のような黄色い声を上げた。

「ルーリエ様の奇跡のような回復の裏側には、ハルディエル公爵の愛の力がありましたのね」

「わたし、とても感銘を受けましたわ」

「ルーリエ様への殿下のなさりようは、本当に酷《ひど》いと思っていましたが、このように幸せそうなお姿をお目にすることができて、本当に嬉しゅうございました」

次々と感想を述べる年若い娘たちの内の一人が、ついにイグレンについて言及した。すかさず隣に座っていた母親と思しきご婦人が彼女を小突いた。彼女は明らかに「しまった」という表情を顔に張りつかせた。

「長い間ラヴィレの浄化を担っていたルーリエに対して、今回の殿下のなさりようについては……わたくしからは何も申せませんわ」

目を伏せ静かに語り始めたルニテエール夫人に注目が集まる。

「けれど……、弱りゆくルーリエを見捨てなかった息子を、わたくしは誇りに思いますわ」

視線を戻し、ふわりと微笑んだ彼女に賛同するように誰かが「ハルディエル公爵は本当に素晴らしいお人ですわ」と言った。

皆が次々と頷いた。

「あの子のことはともかく、ルーリエは今までミラジェス家の、光のいとし子として頑張ってきましたでしょう？　病を克服したとはいえ、今はまだ安静が必要ですもの。この地でのんびり過ごしてほしいのですわ」

そう言ってルーリエの隣に座るルニテエール夫人がそっと肩に触れた。労わりに溢れた眼差しに何と返事をしていいか分からない。イグレンも周りの人々も、ルーリエが頑張るのは当たり前だと考えていた。でも、ここでは休んでいいと言ってくれるのだ。

「殿下にはすでに新しいミラジェス家の令嬢がついていますもの。ルーリエがわざわざラヴィレへ戻る必要もないでしょう」

僅かに冷ややかな感情を乗せたルニテエール夫人に追随するように「ええ、ええ。ルーリエ様はこの土地でしっかりとお心とお体を休めなくてはいけませんわ」や「今の幸せを目一杯享受なさいませ」などの相槌《あいづち》が返ってきた。

長い冬を乗り越え、ようやく春の息吹が訪れ、季節は初夏へと向かう、本来であれば一年で最も華やぐ季節。それにも関わらず、ラヴィレには薄暗く重たい空気が漂っていた。

空は晴れ穏やかな気温だが、王都を行き交う人々の表情は冴《さ》えず虚ろで、交わす言葉に張りがない。それは動植物たちも同じだった。いつの間にか鳥たちが去った。近郊の牛や羊たちの乳の出が悪くなった。

何かがおかしい。誰もがそう感じていた。この空気の重さの原因は黒い霧のせいだ。だが、この国には、王都にはミラジェス家の娘がいる。光のいとし子が黒い霧を浄化してくれる。

そのはずなのにどうしてこうも体調が芳しくないのだろう。空気が澱んでいるのだろう。このままではラヴィレは、我々はどうなってしまうのか。

不安に駆られたラヴィレの人々は、その目を自然と宮殿へと向けていた。

その宮殿では、一人の少女が甲高い声を上げていた。

「わたしだって一生懸命頑張っていますのよ！　それなのに、イグレン様ったら酷いっ！　わたしのことをちっとも褒めてくれないじゃない！　わたし、わたし、毎日こんなにも頑張っているのに」

絹張の天鵞絨《ビロード》の椅子に腰かけたビアンカは正面に座る青年に向けてキッと眦《まなじり》を吊り上げた。

レースとリボンを多用した明るい色のドレスも、侍女に丁寧に櫛《くしけず》らせ編み込んだお気に入りの髪型も、目の前に座る婚約者の青年は褒めてくれない。

少し前までの彼だったら、会うたびに「ビアンカは今日も可愛いね」と蕩ける笑顔を見せてくれたというのに。

今は口を開くと文句ばかりだ。彼は苛立ちを隠そうともしない視線をビアンカに向けている。

「頑張っていると言うのなら、どうして黒い霧の浄化が間に合っていないんだ？　黒い霧の影響は強くなる一方ではないか」

イグレンはまるでビアンカ一人が悪いとでもいうように一方的に責め立てる。

その物言いにカチンときた。

ビアンカは淑女らしい言葉遣いを忘れ、感情的な金切り声を出した。

「わたしはいつもと同じようにちゃんと浄化をしているわ。きっと、精霊殿の聖女たちが手を抜いているのよ！」

「手を抜いているのはきみなんじゃないのか？　これまで黒い霧の浄化はきちんとできていたじゃないか。一体何が不満なんだ」

あまりの言い分に、体がゆらりと倒れそうになった。

「なっ……。わたしが手を抜くだなんて。浄化に呼び出される頻度が上がって大変なのに。それにお妃教育だってあるのに。毎日課題もたくさん出て、それらをこなすのに必死なのに、教師たちったら、わたしとルーリエを比べるのよ！　酷いったらないわ」

「ルーリエは光のいとし子としての役目も王太子妃教育も文句ひとつ言わずにこなしていたぞ。どうしてきみはそれと同じことができないんだ？」

「イグレン様までわたしとルーリエを比べるの？　大体、真面目すぎてあんな女つまらないっておっしゃっていたじゃない！」

「そうだよ。そう言ったさ。だが、今のビアンカはどうだ。あんなにも愛らしかったのに、笑顔がないじゃないか。僕を見つければ、勉強が大変だ、あの家庭教師を辞めさせろ。浄化も勉強もいっぺんにできないから、国から聖女をラヴィレに集めろ。要求ばかりだ」

「だって、本当に大変なんだもの」

「おかげで僕は父上に呼び出されたんだぞ。婚約者の言いなりになるなと叱られた。おまえがもっとしっかりしないからこういうことになるんだ、と。僕は何にも悪くないのに、ビアンカのせいで叱られたんだ」

一方的に責められ悪者にされたビアンカの瞳には、みるみると涙が溜まっていった。その様子を見たイグレンがため息交じりに、「ほら。女はすぐに泣く」と呟いた。

心底うんざりする声色に、感情がさらに高ぶった。

ビアンカだってうんざりだった。いつも優しかったイグレンは、いつの間にかいなくなっていた。慣れない王太子妃教育で日々へとへとなのに、彼ときたら「きみは僕の妻になるのだから、もっとしっかりやらないと」だの「ルーリエよりも浄化能力が高いって自慢したのはきみだろう。どうしてできないんだ」など、文句ばかりだ。

互いに責任を押しつけ合う口論は平行線のままで、最後はビアンカの癇癪を扱いかねたイグレンが部屋から去ることで幕を閉じた。

高ぶった感情を持て余したビアンカは部屋の調度品に当たり散らした。長椅子の上に置かれていたクッションを手に取り力任せに投げ飛ばす。テーブルの上に置かれていたカップを壁に叩きつけた。大きな音をさせても誰も入室しない。すでに数回同じことをしている。侍女たちは嵐が過ぎ去るのを待つだけだ。下手に声をかければ飛び火する。そう学習していた。

（どうしてうまくいかないの！　だって、ルーリエが死にかけていた時、あの子は何もできなかった。ラヴィレの浄化を行っていたのはわたしよ！　わたしがいとし子の役目をしていたんじゃない）

ルーリエが床に伏せっていた時、精霊殿の聖女たちと一緒に定期的に黒い霧を浄化していたのはビアンカだ。周囲の人々は感謝してくれた。ビアンカがいてくれて助かった。良かった。父は誇らしげにビアンカを褒めたたえてくれた。

「おまえこそが光のいとし子だ」と。実際自分でもそう思った。

何もできないルーリエなんて要らない。ただ死を待つだけの彼女が未だにイグレンの婚約者なのも気に食わなかった。

だいたい、公爵家の跡取りの娘に生まれただけで優遇されてズルかったのだ。ビアンカだって浄化能力を持って生まれてきたというのに。父親が公爵家の次男というだけで、イグレンの婚約者にルーリエが選ばれた。理不尽だった。

ルーリエが原因不明の衰弱症を発症し、床から起き上がれなくなった時、同情したけれど好機だとも考えた。彼女に王太子妃は務まらない。

ビアンカだってミラジェス家の娘だ。浄化能力だって有している。

イグレンだって認めてくれた。彼はビアンカの笑顔が可愛いと言ってくれたではないか。

それなのに——。

翌日、ビアンカは宮殿から馬車に乗り、ミラジェス家へ向かった。

「わたしは悪くないわ。だってちゃんと頑張っているもの。周囲の人たちが意地悪なのよ」

出迎えてくれた父に向け、ビアンカは最近の不満事項をそのままぶつけた。

濃い薔薇色の髪は怒りのせいか、声を荒げるたびにぴりりと揺らめく。

「だいたい、今までは何とかなっていたもの！　それがどうして最近になって浄化できないのよ！　こんなのっておかしいわ。わたし、いつもと同じように力を使っているのに」

「まあまあ。ビアンカ、落ち着きなさい」

娘の不機嫌を全部受け止める羽目になったミラジェス公爵は額に浮かんだ汗をぬぐいながら当たり障りのない相槌を打った。

その態度にビアンカの柳眉がつり上がる。

「これが落ち着いていられますか！　お父様には分からないのよ。黒い霧の浄化にはそれなりに根性が必要なのよ。浄化が終わると気力がごっそり奪われちゃうのに、イグレン様は軽い調子で、もっと頑張れ、だなんて」

「精霊殿にかけ合って各地に散らばる聖女たちをラヴィレに呼び寄せた。浄化は彼女たちに任せておまえは王太子妃教育を頑張りなさい」

「教師の人たちったら、すぐにわたしの駄目なところばかりあげつらうのよ。腹が立つから、イグレン様に言って全員辞めさせてやったわ。でも、それもやりすぎだって昨日怒ってきたの。酷いと思わない？」

「ああ、もちろんだとも。おまえは何も悪くないよ。相性というものがあるからな。殿下には私からも陳情しておこう」

娘の剣幕《けんまく》に、これ以上刺激をするとさらに数倍になって返ってくると危機感を持ったのか、ミラジェス公爵は、うんうんと頷いた。

分かってもらえて嬉しい。ようやく欲しい反応を得たビアンカは満足してにこりと笑った。

「お願いね、お父様。わたしだって、イグレン様と喧嘩《けんか》をしたいわけじゃないのよ。ただ、ちょっと……。そう、少しだけ疲れていたのよ」

こんな風に怒りっぽくなるのも、物に当たってしまうのも、疲労が蓄積しているからだ。

ゆっくり休めば大丈夫。またうまく回りだす。

甘いお菓子をたくさん食べ愚痴を吐き出したビアンカはいくらか気分を上向かせて宮殿へと帰った。

娘を見送ったミラジェス公爵は、苛立ちを隠しもせずに親指の爪を噛んだ。

「くそ！　どうなっているんだ。これまでビアンカの持つ浄化能力で事足りていたのだ。ルーリエの体内に取り込まれる分の黒い霧を差し引いても、ビアンカなら十分にやれるはずだったのだ」

異変は感じ取っていた。最近の黒い霧の量は、過去に記録されているものよりもはるかに多くなっており、精霊殿に仕える神官からも憂慮の声が上がり始めていた。

日に日に濃くなる瘴気に、ある心当たりが思い浮かんでいた。

「エトワルムでルーリエを仕留めそこなったのは……今となっては幸運だったかもしれない。そうだ。あの娘を返してもらえばいいのだ。ビアンカのためにも今度こそおまえには死んでもらうぞ――」

ルーリエの体に刻みつけた魔法陣は解呪されてしまったが、そのようなもの何度でも刻みつけられる。光のいとし子は一人だけでいい。あの娘が生きているのなら、今一度利用してやるまでのこと。

妙案を思いついたミラジェス公爵は昏い笑みを浮かべた。


移動魔法の陣を使いラヴィレへ到着したベルナールは眉を顰めた。

空気が澱んでいる。それがはじめに思い浮かべた感想だった。

エトワルムの清々しい空気を知る身としては、余計にそう感じる。

移動途中、馬車の窓越しに眺める街の光景はどこか陰鬱としていた。

人々の顔に覇気がない。疲労が滲《にじ》み出《で》ている。定期的に黒い霧の浄化を行ってはいるものの、追いついていないものと思われる。

聞けば、ラヴィレの惨状に最近ではビアンカへの不満が現れ始めているのだという。

（ビアンカ嬢の力もルーリエには及ばないが、強いと聞いている……。ということは、黒い霧の威力が増しているのだろう。異界との境界が曖昧になった箇所が増えたのかもしれない）

ミラジェス公爵家に生まれる光のいとし子と聖女たちに浄化を頼る、現在の在り方に限界が訪れているのかもしれない。

いよいよ遷都を含めた議論を国王と行わなければならないだろう。そうなれば一大事業だ。諸侯らを交えた議論は、それぞれの利権が絡みすぐに結論がでないことは必死だ。

（私一人が焦っても仕方のない話だな。まずは父上と足並みを合わせ、それから陛下とも意見のすり合わせをしなければならない）

考えにふけっていると馬車が減速を始めた。

到着したのは王都の魔法研究所だ。先日エトワルムで起こった黒い霧発生現場で見つけた、ある法則に則って書かれた古語を探し求めるのが目的だ。

己の持つ書物をひっくり返したのだが、該当する文字を見つけることができなかったのだ。

ならばと魔法研究所の書庫を当たることにした。

地道な作業は苦ではない。あらかじめ見当をつけていた書架から持てるだけ書物を抜き取り、目を通していった。これを何度も繰り返した。

一日目、二日目と過ぎていき、ベルナールがラヴィレに到着した日から数えて三日が過ぎたが、目当てのものは見つからなかった。

そして四日目の日が暮れた。

今日も成果はなし、と書庫から出て歩いていると声をかけられた。

「おや、珍しい。ハルディエル公爵ではないですか」

聞き覚えのある声に口許《くちもと》が緩んだ。近くに老齢の魔法使いが佇んでいた。まだ少年時代、己に魔法の基礎を教えてくれた師である。

ベルナールは久しぶりの再会に挨拶を述べた後、「久しぶりに稀覯本《きこうぼん》を読みたくなったのですよ」と答えを濁した。師を前にしても真の目的を言うわけにはいかない。

「お噂によると奥方を娶られたとか。それもミラジェス公爵家の前当主のご令嬢だそうで。誠におめでとうございます。あの小さかった少年がご結婚とは……。私が年を取るのも当然です」

師は好好爺《こうこうや》然と眉を垂れさせ話を続けた。

「祝いの言葉ありがとうございます」

礼を述べながらベルナールは、いつか師とルーリエが対面した時、子供時代の黒歴史を垂れ流すことのないよう口止めをしておく必要があるな、と思い至った。

母親に幼い頃の腹下し事件を暴露されたことがちょっとしたトラウマになっていた。愛おしい妻の前では格好良くありたい。

それを何だってルーリエの前であのような情けない話をするのだ。嫌がらせか。

などと考えている前で師はにこにこ顔で話を続ける。

「光の精霊の末裔《まつえい》たるミラジェス家出身の奥方とご一緒に暮らしているのならば、ハルディエル公爵の知識欲もそれは刺激をされることでしょう。あの家は滅多に娘を外へ嫁がせませんからな。王太子殿下もしくは一族のどこかへ嫁ぐ以外は皆精霊殿へ入りますゆえ。やはり、光の精霊の知識を外部へ漏らしたくはないのでしょう」

師は研究者としての観点からミラジェス公爵家を評した。それは、古の知識の占有を示唆する言葉だった。

（拾った羊皮紙にも、何らかの形でミラジェス公爵が関わっていると仮定すれば……、あの家の人間にしか知り得ない知識に答えがあるのだろう）

証拠は何もない。しかし、どうにも拾った羊皮紙の欠片が気にかかるのだ。

「ハルディエル公爵も王家の一員ですからな。今回のような特例もあるのでしょう。今のあなたならばラヴィレ郊外にある精霊殿の奥まで入場の許可が下りるかもしれませんなあ」

いやあ、羨ましいと師は続ける。

その精霊殿ならベルナールも知っている。古い時代にミラジェス公爵家の寄進によって建てられたものだ。あの殿舎は一般には開放されておらず、行事の際に使用されるくらいで、ラヴィレの民たちからも忘れ去られているような存在感の薄さである。

「あそこに何かあるのですか？」

「光の精霊の加護を受けるための陣が最奥の間に刻まれているのだとか」

と、ここで師が声を潜めた。周囲に人がいないかどうか、目配せをしたのち「……実は、その陣の写本があるのですよ」と続けた。

ベルナールはごくりと喉を鳴らした。目の前の御仁の伝手《つて》と人生経験。それを喉から手が出るほど欲する。

「久しぶりにあなた様にそのようなお顔をさせることができましたな」

目の色を変えた元教え子を見つめる彼の眼差しは、探求心の塊であることの仲間意識を込めたものだった。


調べものが済んだベルナールは、ルニテエールの地へ帰る前に宮殿に上がった。伯父である国王に挨拶をするためだ。

それが済み、さあ帰ろうかといささか足早に歩いているさなか、一人の男と出くわした。

礼儀上、ベルナールは声をかけた。

「ごきげんよう、ミラジェス公爵。ビアンカ嬢との面会でしょうか」

「公爵閣下におかれましては、我が姪《めい》へ大変親身に接してくださったと聞き及んでおります。叔父としてお礼申し上げます」

小麦色の髪の中年男性、ミラジェス公爵その人である。上等な宮廷服を身に纏った彼は、ベルナールよりも拳二つ分ほど背が低い。

「すっかり元気になったそうで、自由に動き回れるほどに回復したのだとか」

「妻の現状について喧伝《けんでん》した覚えはないのだが……ミラジェス公爵は耳が早いようですね」

「私も敬愛する兄の忘れ形見たるルーリエのことは気にしておりましたゆえ」

ミラジェス公爵は流暢《りゅうちょう》に続けた。

ルニテエールの地に住む両親にルーリエを預けると決めたのはベルナールだ。

健康になった彼女に、次に必要なのは確固たる後ろ盾と人脈である。己の意図を汲んだ母は、即座に動いてくれた。お茶会や刺繍の会などといった女性の集まる場を開くために、仲の良いご婦人方に手紙を送った。

その席に参上したご婦人たちの一部が宮殿に招かれた際、世間話の一環で現在のルーリエの様子を口にしたのだろう。別に隠してはいないのだが、拾いに行かなければ拾えない話ではある。

「今では多少の移動ができるほどに体力が戻ってきました。私の両親も妻を大層気に入っています」

「ルーリエは現在ルニテエール公夫妻のもとに滞在しているのだとか。園遊会や茶会で一緒になったというご婦人たちが、ハルディエル公爵の献身ぶりを宮殿で熱心に触れ回っていますよ。いやはや、想像以上に仲がよろしいようで……」

ルーリエの味方作りは順調に進んでいるようだ。ベルナールの妻＝ルーリエという認識が上流階級に広まることは、彼女の身を守ることにも繋がる。

「ええ。母はルーリエのことを本当の娘のように可愛がっています。ルニテエールの地もリーゼンマース領と同じくらい空気が澄んでいる。大事を取って一、二年の間は二つの土地の行き来に留めようかと考えています。イグレン殿下にとっても、その方が心が休まりましょう」

言外に、ルーリエを追い出したのはイグレンであることを思い出させておく。

話を聞き終えたミラジェス公爵はやれやれ、といった具合に小さく首を振った。

「しかし……それでは困るのですよ。あの娘がいなければラヴィレの浄化はどうなります？　ミラジェス家としましては、今の王都の状況を看過するわけにはいかないのです」

「浄化能力を持つミラジェス家の女性は妻一人だけではないはずでは？　あなたのご息女、ビアンカ嬢も力を有しているでしょう」

さらりと返せばミラジェス公爵はまるで何も分かっていないとでも言いたげにため息を吐く。

「ルーリエは我が家に生まれた浄化能力者。その力はミラジェス家のものです。病を克服したのなら、さっさと返していただきたいのです」

「彼女はすでに私の妻だ。返せとは言葉が乱暴すぎる。ビアンカ嬢一人では荷が重いほどの黒い霧なら、遷都を含め王都の在り方を議論する時期に来ているのでは？」

「なっ……遷都ですと？　ラヴィレを放棄すると。そのようなこと、まさか」

ミラジェス公爵が気色ばむ。

「黒い霧の量が増えつつあるのは公爵もご存じのはずです。浄化の負荷を特定の人間にかけるべきではないでしょう。すぐにとはいかないが、議論の余地はあると考えていますよ」

ベルナールは淡々とした口調で返した。

「そんなもの、我が家の娘がいればどうにでもなる！　特にルーリエの力は強い。ビアンカは王太子妃教育で疲弊しているのです。従妹を助けるのもあの娘の責務でしょう」

「ルーリエは王太子妃教育と黒い霧の浄化を並行して行っていました。ビアンカ嬢が黒い霧の浄化を行い始めたのは、ルーリエが病に伏したあとのことだったと聞いています。それまでビアンカ嬢は一度でもルーリエを手伝ったことがありましたか？」

ベルナールの当てこすりに、ミラジェス公爵はぐぅっと肺腑《はいふ》から息を吐き出した。

「……それはあの娘も屋敷で勉強に励んでおりまして」

「であれば基礎は修めているはずでしょう。王太子妃教育はそれらをもとにした応用です。疲弊するほど難しい内容ではないかと」

「……」

ビアンカだとてミラジェス公爵家の一門に生まれたのだ。本人にやる気があればいくらでも学べる環境であっただろう。

「そういえば、ビアンカ嬢はイグレン殿下に泣きついて、家庭教師に次々と暇を出したのだとか」

「それは……、娘の自尊心を傷つけるような態度を改めなかったため、殿下が注意をしたところ教師たちの方から暇を願い出たのですよ」

「妻はまだ本調子ではありません。私はこれまで国のために一心に尽くしてきた彼女に、穏やかな時間を過ごしてほしいと考えています」

これ以上話しても平行線に終わるだろう。

ベルナールは見切りをつけて踵《きびす》を返した。直前のやり取りに気分が悪くなる。

あの男は愛情を持ってルーリエの回復を喜んでいるわけではない。己の野心のための道具にしたいだけだ。娘の評判が芳しくないことも理由と考えられる。娘の代わりにルーリエに浄化をさせ、手柄はビアンカが横取りするのだろう。

(さすがにあの様子では、古い精霊殿への立ち入りを求めても撥《は》ねられるだけだな)

馬車に乗り込んだベルナールは上着の内ポケットから紙片を取り出した。

三日前に師の屋敷で閲覧したのは、ミラジェス公爵の先祖が建立した精霊殿の最奥に描かれているという、古い魔法陣の写し。光の精霊への加護を求める類との謂《いわ》れだ。

やはりかの家の縁者がエトワルムを訪れていたのだろう。ルーリエの容体を探りに来ていたのかもしれない。

ではあの紙片は護符のようなものだろうか。

その者は、エトワルムで黒い霧が発生することを予見していたのだろうか。光の精霊の末裔だからこそ、瘴気の発生を事前に察知できるのだろうか。

（しかしルーリエはそのようなことを一言も口にはしていなかったし、何かを隠している風情でもなかった）

ここで考えても埒《らち》が明かない。

ミラジェス公爵のあの様子では、しばらくの間、人の目が届きやすい場所でルーリエを守る必要がありそうだ。

「おかえりなさいませ、ベルナール様！」

「ただいま、ルーリエ」

ルーリエは満面の笑みでベルナールを出迎えた。おそらく自分に尻尾があったなら、ぶんぶんと左右に激しく揺れているかもしれない。

どうしよう。十日ぶりに会う旦那様が格好良すぎる。藍色の理知的な瞳も、低いけれどこちらを想う温かな声も、何もかも懐かしくて。

ルーリエの手をそっと取り、流れるように甲に口付けを落とす優雅な仕草に、くらりとした。

「不在の間、何か不自由なことはなかっただろうか？」

「いいえ。お義母様もお義父様も大変よくしてくださいました。それに、お友達もできました。一緒にお茶をしたり、刺繍を刺したり、流行りのドレス談義をしたり。わたし、こういう生活は初めてなので新鮮でした」

「一人残してしまって少し心配していたんだ。とはいえ、あなたをラヴィレに連れていけば危険に晒しかねなかったし、コルツェン城に残しておくのも不安だった」

ベルナールはルーリエの頬に手のひらを押し当てながらこつんと額をくっつけた。

彼は多くは語らないが、わざわざ単身ラヴィレに赴いたのは、ルーリエに刻まれた魔法陣がらみなのでは、と考えていた。

「あまり無茶はしないでくださいね？」

至近距離でベルナールの瞳を覗き込めば、突然に唇を啄《ついば》まれた。久しぶりの感触に、頬が瞬時に燃えるように赤くなるのを自覚した。

そうやってはぐらかすのだからずるい。ぷぅっと頬を僅かに膨らませるとベルナールが瞳を細めた。

彼は楽しそうに従者に合図をする。

「ルーリエに土産を買ってきたんだ」

「ありがとうございます」

ベルナールに促されサロンに足を運べば、そこにはすでに化粧箱の山が積まれていた。

白いレースがかけられたテーブルの上には淡い紅色のお菓子の数々が並んでいる。淹《い》れてもらったお茶からは芳醇《ほうじゅん》な薔薇の香りが漂ってきた。

ルーリエの髪と同じ薔薇色のジュレや、薔薇のジャムとクリームを合わせたマカロンに、乾燥させた薔薇の花びらを一つまみほど混ぜ込んで焼いたケーキなど、愛らしいお菓子たちがテーブルを賑わしている。

「王都の人気のサロンでは今の時期、薔薇尽くしのメニューを出しているそうだ。せっかくだから再現したくて特別に持ち帰りで準備をしてもらったんだ」

「すごいです！　まるで薔薇園《ばらえん》の中にいるみたい」

「喜んでくれて嬉しい」

ルーリエはさっそくスプーンを手に取りアイスクリームをすくった。薔薇のソースと一緒に口に入れてみる。

「んんっ～。とっても高貴な香りが口の中に広がります」

次に食べたマカロンに挟まれたクリームは、ほんのりとしたピンク色で乙女心を大変にくすぐられた。どのお菓子も大変美味しく、ルーリエは心を弾ませながらそれらを堪能する。

「とっても美味しかったです。ベルナール様、わざわざ持って帰ってきてくださってありがとうございます」

「ここから一番近い街に移動魔法の陣が設置されているから、作り立てを持って帰って来られるんだ」

二人きりのお茶会の席ということもあり、お菓子を楽しんだルーリエを、ベルナールが引き寄せた。

そっと彼に体を預けた。久しぶりに感じる彼の体温にじわりと胸の奥が満たされていく。

こんなにも幸せでいいのだろうか。

愛する人に同じ想いを返され、その腕の中で眠って。

今もこうして慈しみに溢れた眼差しを注がれている。

「ベルナール様がラヴィレから帰ってきたということは、近いうちにリーゼンマース領へ戻ります？」

「いいや。しばらくの間ここに滞在しようかと思う」

「本当ですか？　王太子妃教育の間は勉強と浄化に忙しくて、定例のお茶会くらいしか同世代の子たちと交流できなかったので、最近とても楽しいです」

「それはよかったが……妬《や》けるな。私と一緒に過ごすよりも、同性の友人たちとのおしゃべりの方が楽しいのか？」

「それとこれは別ですよ？」

ベルナールの顔を覗き込めば、素早く唇を奪われた。

呆気《あっけ》に取られていると、彼がくつくつと笑う。

「もう！　二度目ですよ」

「口付けた後、あなたの頬が瞬時に赤くなるんだ。それがとても愛らしくて癖になる」

「もう、もう！」

かああ、と再び赤くなるのを自覚する。

傍から見れば新婚夫婦の惚気でしかない光景だ。きっと、薔薇のお茶会のケーキよりも甘いだろう。

「ルーリエ」

ベルナールがルーリエの顎に触れ、そっと顔を持ち上げた。

あ、と思ったその時はすでに唇を塞がれていて。本格的な口付けに応えるため、ルーリエはそっと唇を開けたのだった。


ベルナールが帰還したため、ルーリエたちはルニテエール夫妻が住まう城館から離れの小館に移った。

それというのもルーリエに構いたがるルニテエール夫人にベルナールが「私たちは新婚なのですから」と牽制したからだ。独占欲を爆発させたともいう。

夫人は「ええ～つまらないわあ」と唇を尖《とが》らせていたが、ベルナールは譲らなかった。

彼女も負けてはおらず、少なくないやり取りの末、夕食は家族四人で一緒に取るという譲歩をもぎ取った。可愛らしい類の交渉である。

そのようなわけで、建物を移動し始まったのはベルナールによる溺愛の日々だった。

彼は離れていた間を埋めるかのようにルーリエから離れず、始終視界の中に入れたがった。

普通なら夫のこのような行動に「重たい」と思うのだろうが、一度婚約破棄をされた身である。愛情表現を怠らないベルナールに胸の奥がきゅんと疼いてしまう。

ただ、一言あるとすれば。

朝も昼も夜も、彼は隙あらばルーリエを溶かそうとすることだろうか。

「ベルナール様、ま、まだ日が暮れていませんよ？」

「何か、問題が？」

控えめに注意を促したルーリエに対してベルナールがしれっと尋ね返してきた。

現在過ごしている離れは小さいながらも客人が寝泊まりするには不自由のない設備が整っており、白を基調とした壁紙にカーテンや長椅子の布張りなどは薄い空色で統一されている。

寝室の手前にある私的な居間で、ルーリエはベルナールの膝に乗せられていた。

口付けを交わし合い、鼻と鼻がくっつく距離で他愛もない話で微笑み合っていたはずなのに、いつの間にか彼の大きな手のひらがスカートの中へと侵入していた。

「顔を赤くするあなたも可愛いな。食べてしまいたいくらいだ」

そう言ってベルナールがルーリエの唇に食らいついた。その言葉通り、彼の舌が口腔内をあやしくうごめく。舌の裏を擦られれば、腰がふわりと浮きかけた。

「ふっ……ぅ……」

鼻から抜けるような吐息を漏らした頃には、体の内側が熱くなり始めていた。

昨日もたっぷり溶かされたはずなのに、この体はすっかりベルナールに慣らされてしまっている。

口付けに気を取られているうちに彼の手が下着の内側へと入り込んでいた。

「んっ……」

ルーリエの腰がびくりと震えた。彼の指がルーリエの足の付け根を辿り、割れ目をつぅっとなぞった。それだけで口からさらに甘い声が零れた。

「ほら、こんなにも濡れている」

「やぁ……、こ、これは……」

必死に言い訳を考えるもあとが続かない。その指摘の通り、ベルナールに触れられているという事実に体が先に反応をしたのだ。この先を予感して秘所は蜜で潤っている。

背中に回されたベルナールの片腕により、しっかり固定されたルーリエは逃げることもできずにその身を任せるのみだ。

柔らかく唇を食まれ、蜜を掻《か》き出《だ》すかのように彼の長い指が隘路《あいろ》の入口を優しく撫でる。加えられた刺激はほんの微々たるもの。昨日はもっと性急にその指が膣道に入ってきたのに。

早く入ってきて。与えられる緩慢な刺激に物足りなくなり、ルーリエは切なく睫毛を震わせた。

自分でも無自覚に腰を動かし、彼の指を奥へと誘う。

「ルーリエ、物足りなさそうな顔をしている。もっと欲しい？」

「……だ、だって……」

指摘をされればたちまち顔に熱が集まった。自分から気持ちよくなりたいと言うには、まだ経験が足りない。ベルナールによってようやく花開いたばかりなのだ。

「明るいところで、あなたが私を感じる姿を見たい」

「恥ずかしい……です」

小さく呟いた瞬間、ベルナールの指が隘路を割り割いた。彼は秘園の奥に隠された花芽をくちゅりと潰した。途端に背筋を雷が走った。顔を逸らし、気をやりかけたルーリエの悲鳴ごとベルナールの口付けによって飲みこまれた。

それからどのくらい時間が経過しただろうか。ベルナールの膝の上で、ルーリエは啼き続けた。

花芽を何度も潰され、膣道に指を入れられ、腹の内側の、ルーリエが特に感じる箇所を執拗に攻められた。秘園からは愛液が溢れ続け、ベルナールの指に絡みつく。

漏れる声は彼の愛撫に蕩け切り、意味をなさない嬌声が居間に響く。

「下だけでは足りないだろう?」

ベルナールが器用にルーリエの室内着を脱がせていく。コルセットを緩めれば、隠された双丘が彼の前に露わになり、ベルナールは舌を使って交互に慰めた。

「あっ……ああっ……」

昨日と同じように彼はルーリエの胸と膣内を丁寧に解きほぐす。飽きずに何度も何度も行われる前戯にルーリエの頭から思考が消えていく。このまま彼に溶かされることしか考えられなくなる。

もっと気持ちのいいことがしたい。奥まで入ってきて。愛おしい人にただ愛されるだけのこの時間が至福だった。

「ベルナールさまぁ……」

思考が蕩け舌足らずに愛おしい人の名を呼ぶ。

ベルナールが性急にトラウザーズの前を寛げた。硬くそそり勃った熱杭《くい》が姿を見せる。彼が自分に欲情してくれている。そのことが嬉しい。

「ルーリエ、今日はこのまま身を繋げよう」

「このまま？」

「少し腰を持ち上げてほしい」

回らない思考のままルーリエは言われた通りにした。ベルナールの真正面に体の位置をずらし、彼に促されるまま腰の位置を落とす。

硬くて熱い杭がルーリエの秘所に触れた。それだけで背筋が粟立った。

まだ明るい時間なのに。辛《かろ》うじて残った理性がそう訴えるも、背中を支えるベルナールの手のひらに優しく撫でられれば、すぐに頭の中が彼でいっぱいになった。

ベルナールの肉棒が隘路を割り割き己の中へと挿ってくる。内襞が擦れる感触に思わず艶やかな声を漏らした。自重のせいで、いつもよりも深い部分まで彼を感じる。

「あ……ベルナール様の……奥まで……」

脈打つ感触を鮮明に捉え、背中を逸らしたルーリエに、さらに刺激を与えるようにベルナールがルーリエの両腰に手を添え、体を揺らし始めた。

彼を跨《また》ぐ体勢のままルーリエは顔を上に向け喘いだ。初めての体位のせいか、昨日よりも彼を鮮明

に感じる。深いところを突き刺され揺らされれば、ベルナールの男根を感じ取ろうと蜜襞が蠢く。

ぎゅうぎゅうと締めつけるそれに反応してか、彼の剛直がびくびくと震える。背筋から頭へ官能が走った。

「ルーリエ、ルーリエ」

ベルナールの息遣いが荒くなる。それに呼応し、彼の名を呼んだ。

ぐっと硬い男根が子宮口に届くほどに埋まり、ルーリエは達した。

「あああっ……」

あまりの快楽に涙を散らし、くたりとベルナールの首筋に顔を埋める。中に埋まった剛直がびくびくと動いているのを感じ取り、達したばかりの体がさらなる愉悦に震えた。

「明るいとあなたが感じて悦がる姿を余すことなく見ることができる」

「だ、だめです。こ、こんな長椅子の上で……明るいうちから」

一度性交が終わり呼吸を整えたせいか、どこかへ行っていた理性が戻ってきた。

そういえばまだ午後もずいぶんと日が高い時間だったのを思い出す。きっと、窓の外で小鳥たちは歌い、リスたちは木々を揺らしながら散歩を楽しんでいることだろう。

それなのに自分たちときたら——。

衣服を中途半端にはだけた状態で交わるだなんて、とみるみるうちに羞恥心が湧き起こった。

「長椅子じゃなければいいのか」

ベルナールが一人呟いた。

え、っと思う間もなく抱き上げられ連れて来られたのは隣室の寝台の上。下ろされたルーリエの上にベルナールが覆《おお》いかぶさっていく。

「ベルナール様……?」

ルーリエは恐る恐る名を呼んだ。その藍色の瞳が妖しい光を宿している。獣じみた、欲を隠しきれていない双眸に、ごくりと喉が鳴る。まるで狼《おおかみ》に追い込まれた兎《うさぎ》だ。

「あなたにずいぶん触れていなかった。もっともっとルーリエを感じたい。私のものだと実感したいんだ」

内なる情熱を秘めた静かな声がルーリエの心をくすぐる。

丁寧に室内着を脱がされ、彼自身も衣服を乱雑に脱ぎ捨て、そのまま上にのしかかられる。

均整の取れた筋肉と引き締まった太腿《ふともも》。どこかの有名彫刻家の作品のような美しい体の一点に、欲望の象徴のような赤黒い肉棒がそそり立っていて。

まだ十分に明るい室内で、彼の引き締まった体躯《たいく》をしっかり見てしまい、ルーリエは慌てて顔を横へ向けた。

「ルーリエ」

欲を孕《はら》むその声に、再び理性が溶かされる。

潤んだ瞳でベルナールを見上げた。こちらを欲しているのだと分かる熱い眼差しに、肌がぴりぴり焼けるようだった。言葉など必要なかった。お互いに相手に恋情を抱いているのだから。

ベルナールがルーリエの両足を持ち上げる。

外の空気に晒されて、秘所が微かに戦慄いた。けれどもすぐに熱いものがあてがわれ、ルーリエはほうっと息を吐いた。

先ほどからたっぷり溶かされた蜜道は難なくベルナールの熱杭を受け入れる。硬く熱いものに膣内を犯される感覚。内側を擦られた際に生じる快感が背中から足の先へと抜けていく。

ベルナールは膝立ちのままルーリエの両足を肩に担いだ。腰が浮き、彼に串刺しにされたような感覚に陥った。実際そうなのかもしれない。

熱杭が一度蜜道の入口付近まで抜かれ、その直後真《ま》っ直《す》ぐ奥まで貫かれた。

「ふっ……あぁっ！　あ、あ……」

大きな快楽を一気に与えられたルーリエは息を吐き出すことで精一杯だった。頭の奥が真っ白になって、断続的にやってくる悦楽に気がおかしくなりそうだった。

「あっ……も、もう……だめ……」

入口から奥まで勢いよく貫かれるたびに足がびくつき、顔を後ろに反らした。

「あなたは私だけのものだ。私を感じて、私だけにあなたの悦がる姿を見せてほしい」

耳にベルナールの声が届いた。それはどこか切羽詰まっていて。懇願にも聞こえた。

「ルーリエ、あなたは私のものだ。誰にも渡さない」

「ベル……ナールさま……」

「あなたは私のものだと、感じさせてほしい」

ルーリエに対する独占欲を零しながらベルナールは激しく腰を打ちつける。寝台がぎしぎしと揺らぐ音と混じって、ルーリエの秘園から溢れ出る愛液を肉棒が攪拌する音が響く。

快楽と一緒に強い恋情を与えられ、彼から与えられるこの愉悦に溺れることしか考えられなくなる。

まるで、水に落とされ奈落の底に沈んでいくかのよう。初めてベルナールと契ってからまだそう日は遠くないのに、交わるたびに体を作り替えられていく。

彼に溺れるように、彼なしでは生きていけないような体にされていく感覚に侵される。

(でも……それでもいい……わたしもベルナール様のことが大好きだから)

ぐずぐずに溶かされて、一度彼の肉棒が大きく戦慄いた。

精を吐き出したのだと、ぼんやりとした頭の片隅が理解する。

それでもまだ彼は足りないとばかりに、ルーリエの両足を寝台の上に下ろした状態で腰を打ちつける。

体中に赤い印をつけられ、体位を変え、何度も交わった。

ようやく満足したのか彼の肉棒がルーリエの中から出て行ったのは、日が沈む頃合いで。

ベルナールは名残惜しそうにルーリエを抱き寄せる。彼の指が乳房に触れたところでルーリエは声を出した。

「ベルナール様……そろそろ夕食の時間、ですよ？」

「あれは母上が勝手に言い出したことだ。私たちは新婚なんだから、二人きりの時間を大切にするべきだろう？」

毎日家族四人で夕食を、という約束だったはずだが。

「夫婦で昼からずっと閉じこもっていては、次にお義母様たちに会う時、とっても恥ずかしいです」

顔を赤くして主張したルーリエに、ベルナールは押し黙り「……分かった」と渋々といった体で頷いてくれた。分かってくれて嬉しい。

それから大急ぎで支度をして何とか夕食には間に合ったのだが、腰から下に力が入らなく、気を抜けば頭までぼうっとする始末。

旦那様の旺盛な性欲に対応するためにも、もっと体力づくりを頑張らなければ、とこっそり誓ったルーリエであった。

別の日、ルーリエは数回扉を叩いたのち、かちゃりと開けた。

「ベルナール様、午後のお散歩に行きませんか？」

「もうそのような時間か」

彼はリーゼンマース領で行う政の一部をこちらで行っている。徴税は秋の収穫期を終えてからになるし、街の運営は市長や参議会たちによって行われているため、領主不在でも滞ることはない。

衰弱症から回復したあとも、ルーリエは毎日の散歩を継続させていた。

二人揃って館の外に出る。

ルーリエは、木綿地のブラウスにくるぶし丈のスカートに歩きやすい靴という、散歩にぴったりの装いだ。もちろん帽子も忘れてはいけない。日焼けは淑女の大敵である。

春が過ぎ初夏を迎え、一年で最も輝かしい季節を迎えていた。

「今日もいいお天気ですねえ」

太陽の日差しは日増しに強くなるが、輝く光を浴びると自分の中に力がみなぎってくるかのようにも思える。

「ルーリエ。今日はどちらの道へ進もうか」

「そうですねえ……昨日は庭園迷路で遊びましたし……」

王家の所有物でもある城館は広い敷地を有している。趣の異なる複数の庭園や木立、池、牧場が広がっている。心洗われる素朴な景色は毎日違った発見をもたらしてくれる。

「では、今日は牧場の方まで歩いてみませんか？」

行き先が決定し、手を繋いでのんびり歩く。

いつもこの時間は他愛もない話をするのだが、この日はやや趣が違った。

「わたしの両親のお墓参りですか？」

「あなたもすっかり健康になった。色々慌ただしくて遅くなってしまったが、夫として挨拶は必要だろう」

父が亡くなったのは、ルーリエが王太子妃教育のために宮殿での生活を始めたあと、十四歳の頃のことだった。

突然の訃報だった。馬車の事故であった。茫然自失《ぼうぜんじしつ》としている間に葬儀が終わり、父を亡くした喪失感を埋めるようにルーリエは勉学と黒い霧の浄化に励んだ。

そして知らずに刻まれた魔法陣の作用により体調を崩し始め、寝たきり状態になり移動すらできない体になった。

「わたしも両親に結婚の報告をしたいです。自慢ではないのですが、わたしの両親もベルナール様のご両親のように仲睦まじかったのですよ。ミラジェス公爵家を継ぐ男性は代々分家から妻を娶るのですが、政略結婚であることを感じさせないくらい、お互いのことを慈しみ合っていたのです」

ルーリエはえへんと胸を張った。

母を失くした父の深い深い憔悴《しょうすい》を覚えている。

幼い頃に胸の病で亡くなった母は、細くしなやかな手でルーリエの薔薇色の髪を撫でてくれた。おっとりした人で、何もないところで転ぶのが得意だったことを思い出す。

いつかの日に父に「お母様は平らな道で躓《つまず》くからとても心配なの」と零したことがあった。

すると彼は真剣に頷いて「きみがお腹の中にいた頃、お父様は毎日ひやひやしたよ」と日中離れている間気が気ではなかったのだと、思い出話を語ってくれた。

などという話をベルナールに聞かせながら、生前の父の姿を思い浮かべる。

「そういえば……あの頃の父は、どこかぼんやりしていて……。ううん、何か背中に大きなものを背負っているような、でもそれを下ろせない、みたいな。何かこう……悩んでいるような顔つきをしていたんですよね」

最後に会った時、父はいつものようにルーリエに笑顔を見せてくれたけれど、ふとした瞬間に瞳が陰ることがあった。

疲れているのかなと思い、「お父様、最近お仕事どう？　ちゃんと寝ている？」と尋ねれば、「大丈夫だよ。お父様はちゃんと寝ているし食事もとっているから」と返された。

「ミラジェス公爵家の当主ともなれば、精霊殿とも深く関わっているし背負う職責も大きなものだろう」

ベルナールの言葉にルーリエは頷いた。

「わたしもお父様は公爵家の当主だから、娘にも言えない何かがあるのだろうなって、そう考えていました。でも……あの時ちゃんと話しておけばよかったです。わたしも慣れない宮殿での生活にあまり余裕がなく……」

瞳を伏せたルーリエの胸の中に寂寥が生まれる。

父とは気付けば疎遠になっていた。まだ幼かったルーリエは日々の生活で手一杯だった。

もっとたくさん話をしておけばよかった。日々まめに手紙を出していればよかった。

(手紙といえば……、最後にお父様から手紙が来たんだっけ。あれが実質最後の言葉になったのだったわ)

宮殿の生活には慣れたか、黒い霧の浄化と勉強で忙しくしているようだが、無理をしすぎてはいないかなど、お決まりの心配事が書き連ねてあった。

それから、一度国王陛下と話がしたいとも。ルーリエからそれとなく時間が取れないかお伺いを立ててくれないだろうかと、書かれてあって首をひねったことを思い出す。

「お父様は身内のコネ的なものがお好きではなく……陛下の方から、将来親戚になるのだからもっとざっくばらんに、とおっしゃってくださっても、生真面目な顔を崩さなかったお人だったのに。あの時はわたしに、面会の約束を取りつけてほしいような文面にも取れたんですよね」

「きっと愛娘と初めて離れて暮らしたことで色々と思うことがあったのかもしれないな。それこそ改めて陛下にご挨拶をしたくなったのではないか？」

確かにそれはあり得る。

「そういえば一つ尋ねたかったのだが。宮殿に上がる際、何か護符を渡されたりしなかったのだろうか？」

「いいえ。特には」

心当たりがなく、ルーリエが首を傾げると彼が続けた。

「ラヴィレ郊外に、昔ミラジェス公爵家が建立した精霊殿があるだろう。光の精霊へ加護を祈る陣が刻まれているのだとか。あのような魔法陣はミラジェス公爵家では一般的だと思ったんだ」

「その魔法陣なら知っています」

「ルーリエは実物を見たことがあるのか？」

彼の質問に「いいえ」と首を左右に振った。

「なにぶん古くなっていて、現状保管するために、現在では最奥の間には滅多に立ち入ることがないのだとか。といっても、昔から最奥の間まで入ることができたのは当主のみだったそうですが」

光の精霊の知識は、その全てが伝わっているわけではない。光のいとし子たるルーリエは、浄化の力を引き出すやり方と歌を引き継いだが、代々当主にのみ伝えられる知識もあると聞いたことがある。

「そうそう、お父様はお菓子の差し入れをよくしてくださいました」

「あなたの御父上《おちちうえ》は、娘の好きなものを熟知していたのだな」

「これじゃあわたしが食いしん坊みたいじゃないですか」

先ほどの思い出話は忘れてほしい。


二日後の午後、ベルナールとルニテエール公は来客の応対をしていた。

今日は彼との散歩は諦めた方がよさそうだ。

「ルーリエ、たまにはわたくしと一緒にお散歩しましょう」

「もちろんですわ」

ルニテエール夫人が誘ってくれたため、帽子をかぶり一緒に庭園へ降り立った。リボンの飾りが色違いになっている帽子は、最近買い求めたものだ。

「今日は白羽池《しらはねいけ》に行きましょうか」

庭園の奥には大きな池がある。白羽池という名前の通り、水鳥の憩いの場所だ。

池に向かう最中、少々離れた木立の中を手押し車と共に人が歩いているのが見てとれた。

「あら、今日はお庭の手入れの日かしら？　それだって早朝か日暮れにするものだわね」

ルニテエール夫人が首をかしげる。

「忘れ物を取りに来たのかもしれませんね」

「仕方がないわねえ」

使用人たちは主たちの前に姿を見せないよう仕事をする。屋敷の中を掃除するのですら彼らは主人たちの気を煩わせないよう細心の注意を払う。

到着した白羽池では、十数羽の鳥たちが悠々自適に泳いでいた。母鳥のあとをついて回るのはひな鳥たちだ。毛がまだ生え変わっておらず、ふわふわの産毛なのが愛らしい。

池には石橋が架けられている。これはシエンヌでも名高い建築家が設計したもので、一部に屋根が備わりテラスとして使用することもできる大きさだ。

ルーリエとルニテエール夫人はこのテラスで小休憩を取った。

椅子に座り心地の良い風に身を任せるさなか、どこか気がそぞろになる。

客人が帰途につき次第、ベルナールはこちらへ向かうだろう。

「あなたったら、毎日あれだけベルナールと一緒にいるのに飽きないのねえ」

「すみません。せっかくお義母様とご一緒しているのに」

「いいのよ。こんなにも想われて、あの子は幸せ者ね。ありがとう、ルーリエ。あの子を愛してくれて」

ルニテエール夫人が瞳を細めた。

「わたしの方こそ、ベルナール様にはとっても良くしていただいて。たくさんの愛情を注いでもらっています」

ルーリエはわたわたと両手と顔を同時に左右に振った。

ルニテエール夫人は視線をどこか遠くへ定め、ふっと息を吐いた。

「イグレン殿下と歳が近いこともあって、あの子には昔から我慢をさせてしまっていたの。結婚に対しても消極的で……。だから、きっかけはどうあれ、あなたが真実ベルナールに心を寄せてくれて、わたくし本当に嬉しいのよ」

「わたしこそ幸せ者です。ベルナール様という大好きな人に出会えて、しかもお義父様とお義母様までできました」

二人は潤んだ瞳で見つめ合い、ふふっと笑い合った。

ベルナールと触れ合うのとは違う種類の温かさに包まれる。

それから女二人話が弾み、そろそろ散策を再開させようかと立ち上がる。

池を半周し、行きとは反対側の道を選び屋敷へ戻ることにする。

道沿いには白樺《しらかば》が植えられており、日陰を作ってくれている。

少し歩いていると、前から手押し車を押す男二人組が近付いてくるのが分かった。くたびれた茶色の上着に埃《ほこり》で白んでいるズボン姿という服装だ。

彼らは主人一家を前に恐縮した様子をちらりとも見せない。

ルニテエール夫人が眉を顰めた。

「薔薇色の髪……。この娘で間違いないな」

男の一人がルーリエを上から下まで舐めるように眺めた。

「あなたたち、我が家の庭師ではないわね」

「えっ⁉」

ルニテエール夫人の冷ややかな声を合図に、もう一人の男が懐から小瓶を取り出し蓋を開けた。

途端に煙が噴き出す。男は手押し車の中から取り出した木板を仰いだ。風が生まれる。煙がルーリエたちに向かって流れてきた。

「なっ……」

「ルーリエ、息を吸ってはだめよ！」

ルニテエール夫人はドレスの袖口で鼻と口を覆いながら警告を発した。彼女はルーリエを庇《かば》おうとするかのように一歩、二歩と前に出る。

ルーリエも夫人に倣い袖口で鼻と口を覆う。

しかし、既に少量が体内に取り込まれたのか手先が小刻みに震え始めた。

「これは強力な痺れ薬だ。さあ、薔薇色のお嬢ちゃん。一緒に来てもらおうか」

「い、嫌よ！」

反射的に拒絶したルーリエは咳《せ》き込《こ》んだ。辺りは煙に包まれている。彼らはけろりとしている。もしかしたら中和薬をあらかじめ飲んでいるのかもしれない。

「逃げなさい、ルーリエ」

「で、でも」

ルニテエール夫人の発する声も掠れている。いくらか煙を吸い込んだのだ。

「いいから早く！」

男たちの目的はルーリエなのだ。だからここで捕まっては、皆に迷惑をかけてしまう。

ルーリエは足を叱咤し動き出した。三歩ほど進んだところでがくりと崩れ落ちた。痺れに襲われ、体がいうことを聞いてくれない。

「さあて、ここまでだ。こちらとしてもさっさと終わらせたいんでね。観念しろや」

腕を掴まれたルーリエは「離して！」と叫びたかったが、実際には空気が漏れただけだった。

もう一人が麻袋を取り出した。あの袋に詰めて運ぶつもりなのだ。男が眼前に迫ったその時、「ぎゃっ」という悲鳴が上がった。直後男たちが一度びくりと痙攣《けいれん》したのち崩れ落ちる。

「おまえたち、私の妻に何をしている?」

少し距離がある場所から、人の影が近付いてくる。黒い髪の青年は腕に魔力の塊をまとわりつかせ、地を這《は》うような声を出した。

二人は直前の質問に答えることはなかった。すでに意識を失っていたからだ。

「ルーリエ!」

ベルナールが走り近寄ってきた。

地面に座り込むルニテエール夫人と、同じく伏せたまま立ち上がることのできないルーリエを目にしたベルナールは、何かしらの薬が使われたことを把握したのか、魔法を使い付近の空気を一掃した。

「もう大丈夫だ」

ベルナールがルーリエを抱き起してくれた。力強い腕に支えられ、安堵の息を漏らした。

おかしい。どうしてこうもうまくいかないのだ。

イグレンは苛立つ心を剥《む》き出しにしながら宮殿の回廊を歩いていた。

死にゆくだけだったルーリエと別れて、甘え上手で愛らしいビアンカを新しい婚約者に据えた。

会うたびに瞳を輝かせ「イグレン様大好きです」と告白してきた彼女は、ここ最近不機嫌な顔を隠そうともしない。

しかも口を開けば「イグレン様酷い」「わたしだって頑張っているのに」「皆わたしの大変さを分かってくれない」など、文句ばかりだ。天真爛漫《てんしんらんまん》で常に笑顔で愛想の良かったビアンカはどこへ行ってしまったのだろう。

王太子の婚約者になったのだからビアンカも王家のしきたりや歴史を学ぶ必要がある。手配された教師の指導内容が厳しすぎたのか、彼女は涙目で辛いのだと訴えてきた。

勉強の際、教師と気が合わないのでは身につくものも身につかない。すぐにクビにして一件落着と安堵していたのに、ビアンカは何かと理由をつけて教師を非難した。短期間に三人も変われば両親にも話が伝わる。

ある日の夕食後、父の喫煙室に呼ばれたイグレンはそれとなく釘《くぎ》を刺された。父は初めてルーリエとの婚約解消について、その顔に非難の色を乗せた。

物心ついた頃に婚約者と定められたルーリエは、イグレンにとってみれば義務の象徴のような娘だった。彼女を娶るのは規定事実。これは誰でもない王太子である自分に課せられた役割。そう誇らしく思ったこともあった。

それなのに――。

いつかの時、彼女はベルナールを褒めたのだ。

「きちんと挨拶ができるかどうか心配していたのですが、ベルナール様がお優しい言葉をかけてくださいました」と。

妙に耳に残った。

きみまで従兄を褒めるのかと不満に思った。歳の近い姉に、自分よりもベルナールの方が勝っていると言われたばかりで気が立っていた。

短期間の内に聞かされたベルナールを持ち上げる言葉たち。それはイグレンの自尊心を傷つけるには十分だった。

あの娘も内心ではベルナールの方が勝っていると思っているのだ。そう不貞腐《ふてくさ》れ、ルーリエへの関心を失っていった。

時が過ぎ、イグレンは一人の少女に出会った。

ビアンカという名の少女は、イグレンの欲しい言葉ばかりくれた。

「イグレン様は博識ですのね」「すごいわ、イグレン様」「わたし、イグレン様のような御方に仲良くしていただいて、本当に嬉しいです」「イグレン様がいらっしゃれば、シエンヌ王国は未来永劫《みらいえいごう》輝き続けますわ」などなど。

彼女が口にするものはどれもイグレンの自尊心をくすぐった。自然と彼女に惹かれていった。これは必然だった。

ビアンカも光の精霊の血を引き、浄化能力を有している。病で長くないルーリエよりも己の婚約者に相応しい。

　これからは輝かしい日々の始まりだと意気揚々、清々しい気分で新生活を始めたのも束の間、気がつけばラヴィレの黒い霧の浄化は滞り、未来の王太子妃であるビアンカへの懐疑が密やかに宮殿に流れる始末だった。

（ああ、くそっ！　これまで黒い霧の浄化は滞りなく行えていたんだ。それなのにどうして急に……。そもそも、ラヴィレを離れた途端にルーリエが回復など……一体何なんだ。仮病を使っていたのか？　だとしたら僕に対する冒瀆じゃないか）

　イグレンは爪を噛んだ。

　ルーリエがベルナールのもとで健康を取り戻したことによって、社交界ではあの男の献身ぶりだけが美化され一人歩きをしている。それに比例するように己の評価が下がっているのだ。

　使えない人間をいつまでも婚約者に据えておく方がおかしいだろう。寝たきりの人間に王太子妃が務まるわけがないのに！

（ベルナールがルーリエを死なせるようなことがあれば、それを理由にあいつをもっと辺境の地へ追いやれたものを……）

　イグレンはベルナールの予想と大して変わらないことを考え、そして失敗に終わったことに対して苛立ちを深めた。この案を思いついた時はほくそ笑んだのに。結果は己の意図せぬ方向へと転がった。

　それもこれも全部ルーリエが元気になったのがいけないのだ。

このままでは己の評価は下がり続けるばかりだ。ビアンカは「自分は悪くない」の一点張りで、会えば不機嫌さを隠しもしない。最近は喧嘩ばかりである。あんな女だとは思わなかった。いつかの可愛い彼女はどこへ行ったのだ。

近々控えている恒例の宮殿舞踏会の場でビアンカとの婚約を広く知らせる予定だったのに、今一つ気分が乗らない。黒い霧の浄化が追いついていないというのに、ビアンカは夜会で着るドレスについて注文ばかりつけている。

それもイグレンをイラッとさせる原因の一つだった。

「イグレン殿下」

侍従の声にハッと意識を浮上させる。来客が到着したとのことだ。もう約束の時間になったのか。

彼から訪問伺いを受け取った時、苛立ち紛れに破り捨てようかと思ったが、中身を検《あらた》め時間を捻出することにしたのだ。

応接間に入ると、客人が立ち上がり首を垂らした。

「それで、黒い霧への対処に関して良い方法があるということだったが……」

優雅に膝を組みながらイグレンが正面の男、ミラジェス公爵を促せば。

彼は僅かに上半身を前のめりにさせ、イグレンに向けてこう囁《ささや》いた。

「黒い霧を対処するにはルーリエが必要なのです。あの娘が手に入れば、ラヴィレを覆う黒い霧を一気に晴らすことができましょう。そうすればビアンカは本来の天真爛漫さを取り戻すはずです。つきましては殿下にご協力をいただければと」

『——そのようなわけで、ハルディエル公爵夫妻には必ず出席してもらいたい。欠席すれば謀反の意志ありと見なす』

ルーリエは招待状というにはいささか礼儀に欠け、物騒な言葉が並んだ書面を一通り読み、「まあ……」と、あんぐり口を開けた。

ちなみに隣に座るベルナールは眉に皺を寄せた状態で無言である。

本日王家からルニテエール公夫妻とハルディエル公爵夫妻宛に招待状が届いた。毎年恒例の宮殿舞踏会の招待状である。それとは別に、イグレンから私的な封筒も届いた。

「……舞踏会の場でイグレン殿下とビアンカ嬢の婚約発表を行うわけか。まあ、順当だな」

「さようでございますね。噂が流れ、皆知っていることとはいえ、やはり正式なお披露目《ひろめ》の場は必要かと」

「ルーリエを必ず出席させること、という文面にきな臭さを感じざるを得ない。というか、実際きな臭さしかないのだが」

ベルナールが招待状をぐしゃりと握りつぶした。上質紙が皺くちゃになる。王太子殿下直筆の招待状に容赦のない仕打ちである。

ベルナールがすっくと立ち上がったため、ルーリエもあとに続いた。

向かったのはルニテエール公夫妻のもとである。彼らもまたイグレンから似たような文面の手紙を受け取っており、呆《あき》れていた。彼の本気度が窺えるものである。

「先日の件で捕まえた犯人から辿りミラジェス公爵を訴追しようとしたが、一歩手前でトカゲの尻尾切りをしたのか、締め上げることができなかった。ミラジェス公爵はラヴィレ滞在中の私に、ルーリエを返すように求めてきた。今度はイグレン殿下に泣きつきでもしたのだろう。ビアンカのためにもルーリエが必要なのだと主張されれば、殿下ならあっさりそちらの意見に傾く」

ベルナールが忌々しげに吐き捨てた。

ルーリエの拐《かどわ》かし未遂事件から七日ほどが経過していた。

捕らえられた二人の男は、廃材回収人を装い城館の敷地内に忍び込んだ。

彼らは城館に勤める下男から酒代と引き換えに、主一家の大まかな一日の予定を聞き出していたことが判明した。この下男は即日解雇された。

折しも現在は一年の中で最も活発に王族・貴族が社交を行う季節である。客人の訪問も多い。街で噂話を仕入れれば、貴族たちの大まかな予定など手に入るというわけだ。

隙をつかれたが、客人との歓談を終えたベルナールがルーリエとの散歩を楽しみたいと合流しようとしてくれたおかげで難を逃れることができた。

「宮殿に出入りをする貴族や官僚たちの間では、ビアンカ・ミラジェス嬢の王太子妃としての資質を疑問視する声と病身のルーリエを一方的に宮殿から追い出したことへの不審感が広がりつつあるわ。そのような風潮に対して危機感もあるのでしょうね」

ルニテエール夫人が扇をはらりと広げた。

イグレンによる一方的な婚約破棄とそれに伴うベルナールとの結婚は、ルーリエの意志を全く無視したものであった。叔父は一度はルーリエを見捨てたのだ。それなのにビアンカが楽をするために黒い霧の浄化をしろと命じたのだ。

思うところは多大にある。さすがに都合が良すぎるのではないかと。

「黒い霧の勢いが強まっているのでしょうか」

このことだけが気がかりだった。

「ラヴィレ以外の、澄んだ空気を知る者からしたら、今の王都に長居はしたくはない」

ベルナールが答えた。

「わたしはミラジェス公爵家の一員です。叔父の強引なやり方には賛同できませんが、依頼があれば協力します」

この力は、人々の役に立てるべきものだ。そう教えられてきたし、もしもラヴィレに住まう民たちが苦しんでいるのなら、かの地に住まう聖女たちが疲弊しているのなら、自分だけのほほんと暮らしているわけにもいかない。

「あなたの心構えは尊敬に値する。しかし、我々は長年ミラジェス公爵家に依存する状態で暮らし続けてきた。黒い霧の勢いが増しているのなら、遷都も視野に今後の在り方を議論していかなければいけないのではないか。私はそう思うんだ」

「国民の安全な生活を考えるのが我々王族の務めだからね」

ベルナールの言葉にルニテエール公が言い添えた。

幸いにもシエンヌ王国の国土は広い。王都の移転ともなれば一大事業ではあるが、歴史を紐解けばそのような事例は他国を含めて数多ある。

まさか王家に属する二人の口から遷都という選択肢が出てくるは思わず、ルーリエはミラジェス家がいれば何とかなるという考えの視野の狭さに気付かされた。

「ラヴィレの在り方は置いておくとして。まずは今回の招待状の件だな」

「ええ。正式な招待状も受け取っているわけですし、出席しないわけにはいかないでしょう。伯父上との間にも要らぬ亀裂が入る恐れもありますし」

結局、家族四人で集まり議論を交わしたところで、最初から結論は出ているのだ。王家の一員として要らぬ波風を立てるべきではない。

(悪意を持った人たちのもとに行くのだもの。気を引き締めないと！)

ルーリエはそう鼓舞した。

と、その時隣に座るベルナールがずいとこちらの顔を覗き込む。

「一ついいことがあるとすれば、あなたのドレスを私が選べることだろうか。せっかくの機会だ。互いの色を衣装に取り入れたり、揃いの何かを身につけたり。ルーリエは私の妻なのだと広く喧伝したい」

「そ、それは……、ドキドキします」

その状況を想像してみたら、とっても面映《おもは》ゆくなった。なんだか話に聞く恋人同士みたいだ。すでに結婚しているのだが。

「あら、色はベルナールに譲りますけれど、衣装についてはわたくしも一緒に選びたいわ。だって、可愛い義娘の晴れ舞台なのよ」

「母上は散々ルーリエのドレスを作ったでしょう。次は私の番です」

ルニテエール夫人がすかさず割って入った。親子はしばしにらみ合い、言い合いを始めてしまった。


宮殿舞踏会を前に、数か月ぶりにラヴィレを訪れたルーリエはさっそく国王直々に頼まれ、黒い霧の浄化に当たった。

(確かにこれは……以前よりも重たい空気だわ……)

浄化が追いついていないことなど、すぐに感知した。ルーリエを補佐してくれた聖女たちの顔にも疲れが滲み出ていた。

今回黒い霧の浄化にはベルナールがつき添ってくれた。

ルーリエの身柄が万が一にも精霊殿に渡らないようにとの牽制の意味もあった。気を張っていたにも関わらず、ミラジェス公爵は精霊殿に顔を出さずに拍子抜けしてしまった。

「久しぶりの大規模な浄化で疲れただろう。甘い菓子を用意してある」

「わあ、美味しそうですね」

「せっかく王都にいるんだ。料理番の作ったケーキもいいが、ラヴィレで評判の菓子店のものを取り寄せてみた」

ベルナールが一口サイズのタルトをルーリエの口元に運んだ。クリームの上には種を取ったさくらんぼが乗っている。

思わずぱくっと食べた。美味しい。

「茶も飲むか？」

「い、いただきます」

ベルナールが澄んだ夜空のような藍色の瞳を柔和に細めた。

「こちらも食べるか？」

もう一度彼が一口サイズのタルトをルーリエの口元に持ってきた。今度のはクリームの上に甘く煮込まれたルバーブが乗っている。ぱくりと食べると、甘酸っぱいルバーブとクリームの相性にうっとりした。

「お、お義母様たちがいつ入室するかもしれませんのに……。お菓子を食べさせてもらうだなんて、お行儀が悪いですよ」

はたと我に返ったルーリエが抗議をすると「ラヴィレのために頑張ってくれた妻を労いたいんだ」とベルナールが言った。

今回のラヴィレ滞在でも変わらずに四人一緒である。一緒にいた方が連携が取りやすいという理由からだ。

「わたしは久しぶりの浄化でしたのでまだ余裕はあります。ですが……」

ルーリエは視線を下に落とした。

聖女たちは皆気丈に振る舞っていたが、負担がかかっていることは明白だった。

「このままの状態が続くのであれば、やはり抜本的に今の在り方を見直す必要があるな」

遷都の場合、王族や貴族議会に名を連ねている者たちが議論を交わすことになるだろう。ラヴィレに暮らす人々の最善を模索してもらいたいと願うばかりだ。

「ルーリエ、王都に滞在しているうちにご両親の墓前にご挨拶に伺いたい。明日にでも墓所の管理人に遣いをやろうと思う」

ベルナールが話題を変えた。

そういえば以前彼と話をしたことを思い出す。案外早く両親の墓前でベルナールを紹介することになりそうだ。

墓参りを明日に控えた日の午後、ルーリエに来客があった。

ミラジェス前公爵、つまりは父に仕えていた家人だという。聞かされた名前には覚えがあった。父の侍従兼秘書を務めていた男だ。

ルーリエが面会を承諾したため、部屋に通されたその男性はオールトンという姓を名乗った。

茶色の髪を後ろに撫でつけた四十後半から五十ほどの見た目の彼を、ルーリエはうっすら覚えていた。彼はルーリエを前に深々と礼を取った。

「オールトン、今日は如何様《いかよう》な用件で？」

同席するベルナールが口を開いた。

「お嬢様が病を克服し、ハルディエル公爵とご結婚されたことを風の便りに知りました。であれば、これを届けるべきなのではないかと思い立ち、本日訪問に窺った次第です」

オールトンは上着の内側から何かを取り出した。黄銅色の小さな箱だ。つる草模様が施されている。

三人を挟む位置に鎮座するテーブルの上に置かれたそれをルーリエはじっと見つめ、オールトンに疑問の視線を向ける。

「これは？」

「旦那様がお亡くなりになるひと月ほど前でしょうか。墓所近くの聖堂にこれを奉納され、必要とあればお嬢様に渡すよう申し遣ったのです」

彼の立場であれば主人に中身を問うことはできない。何か考えがあるのだろうと深くは考えず頷いた。不慮の事故で主を失った彼は、その後新しい公爵である叔父には仕えず、職を辞した。

心残りは主が娘に残した小箱だった。面会を申請したがルーリエの体調不良を理由に門前払いされた。

（そのようなことがあったのね……。きっと宮殿の女官長の判断だったのだわ）

「ようやくお嬢様のもとへ届けることができました」

オールトンがしみじみと呟いた。

「ずっと忘れないでいてくれてありがとう。月日を経てお父様と再会できたようで嬉しいわ」

ルーリエが笑顔を向けると、彼は長年の肩の荷が下りたかのように口元を緩め去っていった。


思いがけず届いた父からの届け物。一体何が入っているのだろう。手紙だろうか。

生前の父との対面を前にルーリエはそわそわした。

深呼吸を数回繰り返し、心の準備を整えたのち、箱を手に取り開けようとしたが、開閉部分がぴたりと合わさっていて、かなり強い力を込めてもびくともしない。

「おかしいわね。鍵穴もないようだし、どうして開かないのかしら？」

「ルーリエ、貸してもらっても？」

「はい」

その言葉に素直に従い、ベルナールに小箱を渡した。

彼は上下左右と入念に見つめ、それから魔法を使った。探査魔法の類だろう。

「おそらく封印が施されている。天板のここに魔法の文様が彫られている。特定の人物にしか開けられないように細工が施されているんだ」

ベルナールの解析によれば、針で指を刺すなどして滲み出た血液をその文様に押しつければ開くとのこと。親子の血の繋がりが条件だそうだ。

方法が分かればあとは試すのみだ。

裁縫箱から針を取り出し、指先に押し当てた。ベルナールが教えてくれた手順通りにすると、小箱が淡く輝きだす。カチリと小さな音が聞こえた。

恐る恐る蓋を持ち上げようと力を込めると、今度はあっさりと開けることができた。

中に入っていたのは白い封筒だった。数枚の便箋が封入されていた。亡き父から数年越しに届いた手紙に、胸の奥が熱くなる。

「御父上からの言葉だ。ゆっくり読みたいだろう。私は席を外す」

「ありがとうございます」

ベルナールが席を外した。

ルーリエは便箋を開いた。筆致に懐かしさを感じた。冒頭の『ルーリエへ』という文字を昔何度も見た。

ああ父からの手紙だ。改めてじわじわと胸にこみ上げてきた。

一体、どのような内容なのだろう。

わくわくしながら読み進めていくルーリエの顔から、次第に表情が抜け落ちていった。

心臓が早鐘を打つ。呼吸が浅くなっていった。

「……そんな、まさか……」

かさり、と便箋が手から滑り落ちた。

世界がガラガラと音を立てて崩れていくような心地に陥った。

呆然としたまま、一体どれくらいの時を過ごしていたのだろう。

「ルーリエ、そろそろいいか？」

「ベル……ナール……様？」

夫が入室し、すぐ側に近付いていたことにも気付けなかった。掠れた声でその名を呟く。

「どうした？　何が書かれてあったんだ？」

顔を蒼白《そうはく》にし、体を震わせるルーリエの様子から、ただ事ではないと悟ったのだろう。

ベルナールがルーリエの前に膝をつき、顔を覗き込む。

「ベルナール様……わたし、ううん、わたしたちは……」

じわりと涙が滲んだ。これ以上何を言ったら良いのだろう。分からない。

ベルナールは、はくはくと唇を動かすことしかできないルーリエを一度抱きしめた。

床に散らばったままの紙を拾い上げ「中を検分しても？」と尋ねてきた。

ルーリエは僅かに顎を引いた。彼が手紙を読む間、胸の前で腕を組みぎゅっと目をつむった。こうしないと、体の内側からばらばらになってしまいそうだった。

時折ベルナールが手紙をめくる音が聞こえてくる。

とてもではないが一人では抱えきれなくて、彼の問いかけに承諾してしまった。

もしも、これを読んだ彼に軽蔑の目を向けられてしまったら。

奈落の底に突き落とされたような心地のまま、ベルナールの反応をただ待ち続けた。

そっと目を開けると、彼は手紙に視線を落としたまま熟考するかのように唇を引き結んでいる。

優秀な彼のことだ。これまでの様々な事象を頭の中で繋げているのだろう。

その様子を浅い呼吸のまま見守っていると、彼が小さく唇を動かした。「……ようやく、繋がった」

そう聞こえた。

手紙を置いたベルナールがルーリエを強く抱きしめた。

「ルーリエ。一人で抱え込んではだめだ。私がいるだろう。私は絶対にあなたから離れない」

耳に響くベルナールの声に、ばらばらになりかけた心に光が灯る。

「……こんな……、ミラジェス家の血を引いていても……、あなたは離れていかないのですか？」

「もちろんだ。あなたの御父上の手紙のおかげで、探し求めていた最後の欠片が埋まった。どうか、私を信じて任せてほしい」

ルーリエの背中に回った両腕がさらに強まった。
この苦しみはミラジェス家の人間が背負わなければいけないものだ。
それでも、彼が隣にいてくれるのならば。心強さにルーリエはそっと目を閉じ囁いた。
「ありがとうございます」と。

第四章　ルーリエと光注ぐラヴィレ

六番目の輝光月《きこう》の初旬になると、毎年宮殿では華やかな舞踏会が開かれる。

今日は夏至だ。遥か昔、光の精霊が常闇を打ち破り別の世界へ封印した日であり、国を問わず、各地で祭りが行われる。

宮殿の大広間には国中から招待された貴族が集っていた。

国王は、彼らに向けて始まりを告げる。

ルーリエはベルナールと共に、国王が例年口にする光の精霊への感謝と豊穣《ほうじょう》の願いを聞いていた。

そして今年はもう一つ。

「今宵《こよい》は我が息子イグレンの婚約者を紹介する。ミラジェス公爵家の娘であるビアンカ嬢だ」

国王は横に居並ぶイグレンへ微かに顔を向けたのち、つけ足した。このあとも何かしら続くのかと思っていたのだが、王はそれ以上口を開かず、微妙な沈黙が流れた。

王妃が口を開きかけたが、それを国王が制し、イグレンに目線のみで命じる。礼を取れと。

「私は隣にいるビアンカを妻にする！　彼女は今日の舞踏会のためにラヴィレに漂う黒い霧を取り払った。彼女こそがラヴィレを救う光のいとし子だ」

イグレンは高らかに宣言した。それに合わせ隣に立つビアンカが礼を取った。

舞踏会のためにと請われ、昨日ルーリエはもう一度ラヴィレから黒い霧を祓った。そのあと、ビアンカが登場して同じく古《いにしえ》の歌を歌った。

どうやらルーリエはあの場に居なかったことになっているらしい。

「光の精霊が常闇を退けた輝光月の始まりに相応しい場を今年も用意した。皆、日々の憂いを忘れ今宵は宴に興じようではないか」

それを合図に楽団が旋律を奏で始める。

大広間の中央で踊る権利を与えられているのは、王太子イグレンとその婚約者ビアンカだ。

彼らは当然だという顔で自分たちのために空けられた空間に進み出た。

けれども、周囲の人々はどこか冷めた表情で二人を見やっている。どう取り繕うとも、イグレンが病身のルーリエを一方的に捨てたという事実は消えない。

人々はルーリエに対して同情し、奇跡の回復を信じ献身的に看病したベルナールへ賞賛の眼差しを送るようになっていた。

これに機嫌を悪くしたのが王妃である。息子を溺愛する彼女は、「本当はルーリエが仮病を使っていた」という噂を事実のように広めようとしたのだが、現状上手くいっていないのだそうだ。

ルーリエが真実死にかけていたことは多くの人が知る事実だ。

息子可愛さもここまでくると哀れだとばかりに、人々は王妃の話から距離を置きつつあるのだと、ルニテエール夫人が声を潜めて教えてくれた。

（というか……お義母様が裏で情報操作を行っているような気がしないでもないような……）

義母を敵に回してはいけない気がする。そう考えていると、目の前に手を差し出された。

「私たちも踊ろうか」

「はい。喜んで」

ベルナールの手のひらの上に自分のそれをふわりと重ねる。

健康を取り戻してから初めての公式の場だ。こうして夫婦で並ぶ姿に注目が集まっているような気がする。

隣を歩くベルナールが涼しい顔を保っているため、ルーリエも合わせるよう気を引き締める。

広間に進み出たルーリエたちにイグレンが気付いた。優越感に浸るような表情を寄越《よこ》してくる。

彼はきっと、自分たちとの差を見せつけているつもりなのだろう。ビアンカも右に倣えとばかりに同じ顔を向けてきたから、内心失笑してしまった。

あいにくとイグレンにも王太子妃の座にも未練がないのだ。いっそ清々しいことに。

音楽が始まりステップを踏めば、周囲のことなど気にならなくなった。

目の前のベルナールが麗しすぎるのが原因だ。

瞳の色に合わせた深い藍色の上下の宮廷衣装は長身の彼によく似合い、軽く後ろへ流した濡れ羽色の髪が僅かに耳にかかるところが何とも言えない色香を醸し出している。

贅沢《ぜいたく》に使われた水晶のシャンデリアから落ちる光が、彼のクラヴァットを飾る黄金色のダイヤモンドに反射する。ルーリエの瞳の色を入れたいと特注したピンがきらきら輝くたびに妙な照れに襲われる。

ベルナールのリードに合わせて軽やかなステップを踏むルーリエは紅紫色のドレス姿だ。淡い薔薇色の髪の毛よりもはっきりした色合いで、肩を隠す袖には同系色のレースがたっぷり合わせてある。スカートには水晶の欠片がたくさん縫いつけられ、ルーリエが回るごとに星のように煌《きら》めく。髪は編み込み後ろでまとめ、淡い真珠の二連飾りが揺れている。

「ルーリエは毎日可愛いが、今日もとっても愛らしい」

ベルナールが満足そうに微笑んだ。耳と首を飾る宝石は青と淡紅色の二色のサファイア。そう、ベルナールとルーリエの色である。

二つの宝飾品は、ベルナールがルーリエに内緒で発注しており、宝石商から届けられた時、彼手ずから耳と首に着けてもらい、とってもドキドキした。

本日のドレスの意匠選択権もベルナールが交渉の末にルニテエール夫人から勝ち取った。

「会場にいる男性たちはルーリエの愛らしさに釘付《くぎづ》けなのだろうな。私だけの宝物なのに悔しい」

「それをおっしゃるなら、視線の半数はベルナール様へ向けられたものですよ。あなたの格好良さはわたしだけが知っていたいのに」

ルーリエはほんの少しだけ頬を膨らませた。普段リーゼンマース領にこもっているベルナールは公の場に姿を見せない。王家主催の舞踏会も気配を消し、いつの間にか会場から姿を消すことが常だった。

その彼が前髪を横に流し、端整な顔をさらけ出し、しかも優雅に踊っているのである。

女性たちは今更ながらにベルナールの端麗さに気付き、うっとりとした視線を送っている。

「私はもうあなたのものだから、好きにしていい。むしろ寝台の上で存分に愛《め》でてほしい」

「べ、ベルナール様っ」

耳元で言われた刺激の強すぎる台詞にボンッと音を立てる勢いで頬が赤く染まった。

ターンのついでにとばかりに唇をそっと塞がれて。あまりのスマートさに唖然《あぜん》とすることしかできない。

決定的瞬間を目撃した者たちが、二人の間に入る隙がないと、一斉に落胆したことをルーリエは知る由もない。

最初の曲が終わり、次の曲も続けて踊り、二人は広間の端へ下がった。


「久しぶりね、ルーリエ」

舞踏会も中盤になり招待客たちが談話室で旧交を深めたり、撞球《どうきゅう》室で人脈作りに勤しんだりする頃合いを見計らったかのように、ビアンカがルーリエに話しかけてきた。

「あなた、イグレン様に力を貸したくないから、ずっと仮病を使っていたって本当？」

ビアンカの高い声は存外に周囲へ響いた。人々の耳目がこちらに向けられるのを感じ取る。

「わたしが真実死にかけていたことは、宮殿でわたしのお世話をしてくれていた人たちがよく知っているわ」

ルーリエは彼女よりも静かだがよく通る声を出した。

「話があるのなら、あちらへ行きましょう」

「ちょっと。わたしに指図しないでよ」

踵を返したルーリエの背中に文句が届いたが、足は止めなかった。仕方がないとばかりにビアンカが横に並ぶ。

舞踏会の日の宮殿は平素よりも明かりが多く灯されている。それはバルコニーから眺める中庭も同じだ。

「仮病じゃないってあなたさっき主張したけれど、そんなの演技でどうにかなるじゃない。宮殿の召使いたちを買収すればいいことだし。イグレン様を貶《おとし》めたくて仮病を使っていたルーリエよりもわたしの方がよっぽど王太子妃に相応しいのに、皆ルーリエ、ルーリエって、あなたのことを褒めて持ち上げるばかり。ほんっとうにやってられないったらないわ。仮病がバレたのなら、今後はわたしのためにその力、貸しなさいよ。たかだか公爵夫人と違って、王太子妃となるわたしは多忙なの。浄化まで手が回らないわ」

ビアンカが早口にまくし立てた。手を貸せというのが本題のようだ。

ルーリエはビアンカの瞳をじっと見据えた。

「ねえ、ビアンカ。もしかしたら今後……黒い霧の浄化は必要なくなるかもしれない。ううん、必要はあるかもしれないけれど、今のような頻度ではなくなるかも」

「えっ……本当に？」

ビアンカが目を見開いた。疑わしそうな眼差しを受け止めたルーリエはもう一度ゆっくり頷いた。

「それは……僥倖《ぎょうこう》だわ。正直、最近の黒い霧の勢いには辟易していたの。あきらかに量が多くなっている。あんなにもたくさん発生するなんて前代未聞よ」

「あなたは、ラヴィレから黒い霧が一掃されれば……金輪際発生しなければいいってそう思う？」

「それはもちろんよ」

「ミラジェス公爵家の存在意義がなくなっても？」

「どうしたの、急に？」

話の行き先が見えないことに苛立ったのか、ビアンカは訝《いぶか》しげにルーリエを睨《にら》む。その様子に、ビアンカはミラジェス公爵家の秘密を知らないのだと確信した。


ビアンカと別れたルーリエはこの夏仲良くなった娘《こ》たちと談笑したり、顔見知りの貴族たちと挨拶を交わしたり、舞踏会らしい社交に勤しんだ。

そろそろ一部が終わり、中休みを経て二部が開始となる。人々は歓談室に用意された軽食で腹ごしらえをしたり、アイスクリームで火照った体を冷やしたりする。

ルーリエは一度控室に戻ることにした。ルニテエール夫人もそろそろ戻ってくる頃合いだろう。それとも友人との会話が盛り上がっているのだろうか。

クララが持ってきてくれたサンドウィッチを摘まんでいると、宮殿に仕える侍従が部屋を訪れた。

彼はベルナールからルーリエへの伝言を携えていた。正規のお仕着せを身に着けた男から用付けを聞かされ、一緒に部屋を出ることにした。

ベルナールは今日、秘密裏に会合を行う予定になっていた。

舞踏会の日を選んだのは、人々の目がそちらに向かうためだ。ミラジェス公爵も今日ばかりは娘の晴れ舞台のために奔走していることだろう。最初のダンスが終わった直後ちらりと視界の端に映った叔父は、貴族たちの談笑の輪の中にいた。

(もしかしたら会合でわたしの証言が必要になったのかもしれないわ)

侍従のあとに続き、控えの間が並ぶ一画を通り、角を曲がり階段を上った。彼はある部屋の扉を開け、控えの間を通り越し、最奥の扉を開いた。

その室内にいたのは――。

「やあ、ルーリエ。待っていたよ」

「……イグレン殿下」

明かりの灯された室内で尊大な態度で足を組み出迎えたのは王太子その人であった。

「……わたしを呼んだのはベルナール様ではなかったのですか」

侍従に非難の色を向けるも、彼はそれには答えず、部屋の隅に留まるのみ。一応、二人きりではない配慮はしてもらえるようだ。彼自身がビアンカに言い訳をするためなのかもしれないが。

「ベルナールのどこがそんなにいいのか、僕にはさっぱり分からないけれどね。ずいぶんな変わりようじゃないかルーリエ。僕の婚約者だった頃はダンスを踊る時は薄い微笑を浮かべるだけで、あそこまで楽しそうな感情を出すこともなかったのに」

イグレンが面白くなさそうに言った。指摘をされて初めてそこまで違いが出ていたことに気付かされた。

「わたしたちは幼い頃に知り合い、家族のように近しく過ごしてきました。お互い恋心を育てる前に、戦友のような同志のような感情に落ち着いてしまったのでしょう」

「ふんっ。まあいい。おまえのような姑息《こそく》な女など、あの陰気な男の妻で十分だ」

「ええと……。ベルナール様の悪口をおっしゃるためにわたしを呼んだのでしょうか」

彼がベルナールを毛嫌いしていることは十分存じているが、愛する人を貶めるような台詞を聞かされては、気分がいいはずもない。思わずスンとした声を出せば、彼が「そんなわけないだろう」と言った。

「今から僕と一緒に来てもらう。僕とビアンカが幸せな結婚をするためには、おまえの協力が必要なんだよ」

イグレンはぱちんと指を鳴らした。すると部屋の奥側の扉が開き、近衛《このえ》騎士が現れる。四人だ。感情を宿さない彼らにあっという間に取り囲まれる。

まずい状況だと頭の中で警鐘が鳴る。さっと視線を巡らせても逃げる算段が思いつかない。

何か仕掛けてくるとは思っていたため、そこまで驚きはなかった。できれば当たってほしくはなかったけれど。

(ここで下手に騒ぎ立てたら手足を拘束……もしくは気を失わされるかもしれないわ)

ここは大人しく従おう。どのみち、ルーリエの姿が見えないとなればベルナールが動いてくれる。

「協力については、即断できませんがお話は聞かせていただきます」

「相変わらず生意気な返事の仕方だな。ついて来い」

イグレンが立ち上がり、奥側の扉へ向けて歩きだす。

到着したのは宮殿の西門だった。舞踏会の招待客たちは中央門と東門を使用することになっているため、閑寂な空気に満ちている。

ここから馬車に乗せられた。

一度行き先を尋ねてみたが、「着けば分かる」とだけ返された。イグレンは余計な労力を使う気はないとでもいうふうに唇を引き結んだままである。

馬車の窓から見える夜の闇に目を凝らす。軒先に明かりを灯す間隔がやがて大きくなっていった。どうやら街の外れの方向へ進んでいるようだった。

その勘は当たり、馬車に揺られそれなりの時間が経過したのち、目的地と思しき場所に到着した。

「……精霊殿？」

石畳の上に降り立ったルーリエは月明かりに浮かび上がる石造りの建物を見上げた。

ここは、ラヴィレ市中に建つ人々の信仰の場としての殿舎ではなく、その昔、ミラジェス公爵家の寄進により建立され、立ち入れる人間が制限されている建物だ。

この精霊殿には、長い間隠された用途があった。

夜更けにルーリエをミラジェス家ゆかりの精霊殿に連れてくるようイグレンに頼む人物は、あいにくと一人しか心当たりはなかった。

「ついて来い、ルーリエ」

イグレンが精霊殿へ入っていく。左右と後ろを近衛騎士たちに固められているため逃げ場がない。あまり気は進まなかったが逃れようもなくルーリエはどこか冷え冷えした回廊を歩いた。中庭をいくつか抜け最奥の間へ到着する。

ルーリエは過去に数度、この精霊殿に足を踏み入れたことがあった。しかし今回のように奥部へ通されたことはなかった。

近衛騎士が扉を押した。ぎいっと音を立てて開かれた先へ、イグレンとルーリエのみが足を進めた。がらんとした室内の四隅には魔法の明かりが灯されており、そのおかげで室内を見通せるほど視界が明瞭だった。

一般的な貴族の屋敷の広間ほどの室内は目立つ装飾はなく、大理石の床の上に等間隔に石柱が建てられていた。これといって特徴のない部屋だが、中央に描かれているのはいくつもの円を有した魔法陣だ。

（お父様の残してくださった手紙によると、あの魔法陣こそが……）

初めて目にしたそれを前に胸が痛んだ。

「ようこそ、ルーリエ。我が姪よ」

朗々とした声で話しかけてきたのは予想通り、ミラジェス公爵その人であった。

ルーリエは思わず一歩足を引いた。その動きを目に留めたイグレンがルーリエの腕を強く握った。

逃げるとでも思ったのだろう。

「おや、久しぶりの再会だというのに、挨拶もないのか？」

「……ごきげんよう叔父様」

ルーリエは略式で礼を取った。

「このような夜更けに、どのようなご用件でしょうか。わざわざイグレン殿下を顎で使うような真似までして」

「なっ……」

ルーリエの言葉に煽《あお》られたイグレンがミラジェス公爵へ向け怒気を滲ませた。ここまで分かりやすく反応するとは思わなかった。

ミラジェス公爵はイグレンへ向け、取り繕うようにへこへこと頭を下げた。

「まさか！　そのようなことは考えてもおりません。わたくしはこれから行う儀式のために準備をしておりました故、宮殿で顔が利くイグレン殿下にそこの娘を連れ出してくださいますようお願いを申し上げたのでございます。殿下の寛大なお心にはいつも感謝しております」

「まあ、いい。僕は寛大だからな。その代わり、さっさとその儀式とやらを始めろ」

イグレンの許しを得たミラジェス公爵が頭を下げた。

彼は部屋の中央へ向かい、詠唱を始める。

一体何を始めようというのか。

止めなければ。反射的に体が前に出かけたところで、後ろへ引っ張られた。イグレンだ。

「離してください！」

「儀式の邪魔をするな」

腕を振りほどこうとするも、力では敵《かな》わない。視界が交錯する。

ミラジェス公爵の詠唱が続くにつれ、体がぴりぴりと粟立ち始める。この感覚を知っている。

ルーリエは思わず空《くう》を見つめた。広いだけの室内の空気が震えた。

直接何もない場所に大きな黒い塊が現れた。

「瘴気……」

思わず身を引いた。本能が訴える。あれに捕らわれてはいけないと。

ミラジェス公爵がくるりとルーリエに向けて振り返る。その顔には歪んだ笑みが浮かんでいた。

「さあ、ルーリエ。おまえの献身がラヴィレを救う。ビアンカの幸せな結婚のためだ。おまえには今一度黒い霧の犠牲になってもらう」

「公爵は自身の魔力を使いラヴィレ近郊に発生する黒い霧をこの精霊殿に転移させた。おまえが人柱となり、瘴気を静める。それがラヴィレの平和に繋がるとのことだ。民の役に立てるのなら本望だろう」

隣でイグレンが抑揚のない声を出した。

ルーリエはゆるゆると首を左右に振り、呆然としたまま呟いた。

「……違う。この魔法陣こそがラヴィレに瘴気を発生させている装置そのものよ……」

父から託された手紙に全てが書いてあった。

ミラジェス公爵家が過去に犯した罪と共に。洗いざらい、何もかも――。

「何を言っているのだ?」

顔から血の気を引かせ強張った顔のルーリエにイグレンが眉を顰める。

ルーリエは現れた黒い霧を見つめ続けた。

虚無の塊のような、昏い闇がそこにはあった。これまでルーリエが知る瘴気よりもずっと濃い。呑み込むもの全てを無に帰すかのような黒い闇だ。

大きな音を立てて屋根の一部が倒壊する。瘴気に浸食されて石材が腐ってしまったのだろう。

近衛騎士たちが「殿下!」と叫びながら雪崩《なだれ》込んできた。

「僕を守れ！」

イグレンが命じると、近衛騎士たちが結界を張った。

「おい、ミラジェス公爵！　危ないだろうっ。早く黒い霧をどうにかしろ！」

黒い霧の禍々しさと屋根の倒壊に動揺したイグレンは、もはやルーリエに構っている余裕がなさそうだ。自分の身を守るためにあっさりルーリエの腕を離したイグレンと距離を取る。

ぶわり、と瘴気の大きさが増した。

「さあルーリエ、こちらへ来るんだ。おまえの潜在能力は強い。おまえがこの魔法陣の中心に立ち、その身を捧《ささ》げれば、瘴気の勢いも弱まるだろう」

「そんなの、嫌に決まっていますっ！」

「我儘《わがまま》を言うな。これしかラヴィレを救う方法はないのだ。おまえは光の精霊の末裔で、光のいとし子という称号を与えられるほどの強い力を持っている。これまでだって、その身に黒い霧を溜《た》め込《こ》んできてもなお、生き延びてこれただろう？」

ミラジェス公爵がじりじりとこちらへ詰め寄る。

「わたしの体に瘴気を吸い取る魔法陣を刻みつけたのだと、自ら認めましたね」

「ああそうだとも。兄が死に、私がミラジェス公爵家を継いだ。今の公爵家の娘はビアンカだ。公爵家の娘が王太子妃に選ばれるのなら、ビアンカにだって資格があるだろう。だが、すでにその座にはおまえがいた。ではいなくなればいい。病に倒れ看病の甲斐なく天に召される。そのような筋書きだったのに、おまえはしぶとかった。なかなか死なずに苛々《いらいら》したよ」

慈しみも愛も何もない、悪意に満ちた言葉たちに戦慄した。心のどこかで願っていた。ベルナールの憶測が外れてほしいと。

だって、目の前にいるのは父の弟だ。幼い頃から知っている。

その彼が認めた。血のつながった姪の死を願っていたのだと。

胸が痛かった。

でも、ルーリエは生き延びた。もう、誰かの身勝手で傷を負わされるのはごめんだ。

「――今ではこれも光の精霊のお導きだと感じているよ。瘴気はな、記録にある以上に強さを増している。おまえという器を捧げれば、ラヴィレに蔓延《はびこ》る黒い霧の勢いも削《そ》がれ、ビアンカでも対処できるほどに弱まるはずだ。そうすれば彼女は救国の王太子妃として民たちから崇《あが》められる。イグレン殿下の治世も安泰になる」

「そうだルーリエ！　私のために黒い霧へその身を捧げろ！」

「嫌に決まっています！　そもそも、この魔法陣がミラジェス公爵家の罪の証。叔父様、いいえ。ミラジェス公爵、わたしはこの魔法陣を壊します」

ルーリエは真っ直ぐにミラジェス公爵を見据え宣言した。

直後、彼は驚きに唇を戦慄かせた。

「おまえ、どこまで……何を知っている⁉」

「公爵が想像している通り……全てを」

ルーリエは静かに答えた。

「ますますおまえを逃がすことはできなくなった。我がミラジェス公爵家の繁栄のために、生贄《いけにえ》になってもらおう」

ミラジェス公爵がルーリエににじり寄る。

「もし仮にわたしを犠牲にしたとしても、わたしの体はいつまでも持ちません。その後はどうするのです?」

「なあに、ミラジェス公爵家には分家がある。浄化能力を持った娘もいる。精霊殿には聖女もいる。祈りを捧げる名誉を与えるとでも言えば、皆喜んでその身を捧げるだろう」

「人の命を何だと思っているの……」

公爵家の存続のためだけに目の前の男は何人もの命を犠牲にすると言っているのだ。何て醜く歪んだ思考なのだろう。

「ミラジェス公爵、早くこの瘴気を何とかしろ!」

イグレンの切羽詰まった声が届いた。近衛騎士たちが結界を張っているとはいえ、瘴気に対抗する手段にはなり得ない。

二人が話すさなかも、黒い霧は勢いを増し手当たり次第に腐食させる。屋根の残骸があちらこちらに落ち、側壁も蝕まれていく。

びゅうと風が吹き込んだ。黒い霧が一方向へ流れた。

運悪くイグレンたちが佇む場所が風下に当たっていた。黒い霧が結界を破った。そして大波のように彼らを襲った。

「うわぁぁ‼」

「イグレン殿下！」

イグレンと近衛騎士たちがバタバタと倒れた。

ルーリエは瓦礫《がれき》を避けイグレンたちへ近付きながら古の歌を唇に乗せた。

精神統一をせずに歌ったため効果は限定的だった。黒い霧に呑まれた男たちは倒れ込み苦しそうに喉を掻《か》きむしったり、肩を大きく上下させたりしている。

彼らを避難させなければ再び瘴気に呑まれてしまう。

瘴気のせいで呼吸が苦しい。徐々に体が重たくなっていた。

怖い。どうしよう。焦りから思考が散逸し、考えがちっともまとまらない。

「ルーリエ、おまえの往生際が悪いせいでイグレン殿下が瘴気に呑まれたではないか。どうしてくれるのだ？」

「――っ！」

ぎゅうっと背後に腕を取られ、ねじり上げられた。痛みに声も出ない。

ミラジェス公爵が近付いてきていることなど気が回らなかった。

「さあ、来るんだ！」

「いやぁ！」

離せと無我夢中で体を動かした。この男の言いなりになどなってやるものか。

「ええい、じゃじゃ馬娘が！」

ミラジェス公爵が力任せにルーリエを床に押しつけた。受け身も取れずに強《したた》かに体を打った。

「これでも、魔術の心得くらいあるものでね」

ミラジェス公爵が薄ら笑いを浮かべ、ルーリエに呪縛魔法をかけようと詠唱を始めた。

もうだめ。逃げられない。

ぎゅっと目をつむった瞬間。

突如、ミラジェス公爵の体が後ろへ吹き飛んだ。

「ルーリエから離れろ！」

頼もしい声を聞き違えるはずもない。愛するベルナールの登場に心が弛緩するのが分かった。

「たとえ叔父であろうと、ルーリエは誰にも渡さない」

「くぅ……これはミラジェス家が所有する娘……なのだ」

ミラジェス公爵が腰に手をやりながらゆるりと立ち上がった。

「何を勝手なことを。彼女は生涯かけて愛すると誓った私の妻だ！」

怒気を孕ませたベルナールの迫力に、数拍ほどミラジェス公爵が口ごもる。

その隙を突き、ベルナールが魔法を放った。それに気がついたミラジェス公爵が防御魔法を広げるも、その直後、風魔法をまとわりつかせ一気に距離を縮めたベルナールが閃光を彼の眼前で弾けさせた。

「ぐぁぁぁ！」

ミラジェス公爵が両手で瞳を掻きむしる。隙が生まれ防御魔法が崩れた。

すかさずベルナールがミラジェス公爵の横腹に回し蹴りを入れた。

躊躇《ためら》いの一欠片もない見事な一撃をまともにくらい、ミラジェス公爵が吹っ飛んだ。

「ルーリエ、怪我はないか？」

「はい。大丈夫です」

ベルナールによって抱き起されたルーリエは、そのまま彼の胸の中に閉じ込められた。慣れ親しんだ彼の香りが鼻腔一杯に広がる。それだけで安心して力が抜けてしまいそうだった。

「遅くなってすまなかった」

「いいえ。必ず来てくださると信じていましたから」

「だが、随分と怖い思いをさせてしまった」

ぎゅうと抱きしめられ、彼の吐息が耳をくすぐる。叔父が想像以上に真っ黒な思考の持ち主だったせいで、少々危なかったけれど、ベルナールが間一髪で間に合って助けてくれた。

こうして彼の体温を感じることができて嬉しい。

「お二方、まだ全く事態は収束していませんよ」

突如、知らぬ男性の声が耳に届いた。

「ひゃぅ……！」

ルーリエは慌ててベルナールから離れた。

声がした方へ顔を向ければ、そこにはローブを身に着けた男女数名の姿があった。全員王家に仕える魔法使いだ。宮殿に滞在していた頃、あのローブ姿は何度も目にしていた。

魔法使いの指摘の通り、問題は山積みだった。

先ほど浄化を行ったものの、魔法陣の上の空間からは今ももくもくと黒い霧が噴き出している。

魔法使いたちが即座に結界を張った。

最初は黒い霧を閉じ込めるように。しかし僅かな時間で結界が破られた。

今度は人間たちを守るために結界が張られた。こちらの方がいくぶん持ちそうだ。

「ハルディエル公爵……」

少し離れた場所でミラジェス公爵がよろよろと立ち上がる。呼ばれたベルナールが鬱陶しそうに一《いち》瞥《べつ》する。

「この黒い霧からラヴィレを救う手段はただ一つ。そこにいるルーリエがあの床に描かれている魔法陣の中で祈りを捧げればいいのです」

「ルーリエ同様、私もミラジェス公爵家の秘匿を知っている。ここで私たちの口を封じても無駄だ。既に陛下は真実をご存じだ」

ベルナールが冷徹な声でぴしゃりと宣言した。

ミラジェス公爵は極限まで目を見開いた。

十秒ほどその場で立ち尽くしていたかと思うと、突然視線をルーリエへと向けてきた。

「くそっ！　ルーリエ、おまえか⁉　いや、しかし……あれは代々公爵家を継ぐ者にしか伝えられない機密事項だ。おまえが知っているなど……」

「お父様です。お父様は、公爵家の罪に耐えきれなくなり、わたしに手紙を残していたのです」

ルーリエは静かに告げた。

直後ミラジェス公爵は憤怒の形相になった。彼は両手で頭を搔きむしり、床を強く足蹴にした。

「なっ……兄上め。余計なことをする前に始末してやったのに、いつの間にそのようなことを……。くそっ！」

叔父の吐いたセリフが意味を伴ってルーリエの頭の中に染み込んでいく。

「お父様は事故で亡くなられた……。まさか、あなた……」

「兄上は当主の器ではなかった。王に真実を打ち明けると言ったのだ！　このままでは我がミラジェス家は終わりだと思ったからこそ、家のために事故を装い消してやったのだ！」

「そんな……」

開き直ったのか、隠しても無駄だと自棄《やけ》になったのか。

彼の放った悪意がルーリエの胸を次々に刺していった。よろりと足がもつれた。

馬車の事故だった。宮殿で突然訃報を聞かされた。

元気だった父の突然の死。どこか現実的ではなくて、葬儀が粛々と進むさなかも、まるで物語の中の出来事のように感じた。子供には酷だからと、棺は閉じられたままだった。それほどに悲惨な状況だったのだ。

棺の上に土を被《かぶ》せられるのを黙って見守っていると、唐突にこれが現実なのだと理解し、涙が止まらなくなった。

あの事故が仕組まれたものだったなんて。公爵家の秘密を守るために殺されなければいけなかっただなんて。胸の奥からたくさんの感情がせり上がった。

あの日、父の元従者オールトンから託された小箱に入っていた父からの手紙を読んだ。書かれていたのは数百年もの間、ミラジェス公爵家が秘匿にしていた重要機密だった。

数十年に一度ラヴィレに発生する黒い霧を作り出していたのはミラジェス公爵家だったという真実。

それは遠い昔のことだった。

光の精霊と番《つが》った人間の乙女は、精霊からたくさんの知識を授けられた。それらはミラジェス公爵家の始祖とされる二人の間に生まれた子にも伝えられ、子孫へと伝承されていった。

それはある時のミラジェス公爵が思いついたことだった。彼はラヴィレの外に精霊殿を建立した。奥の間には公爵自らが光の精霊の加護を得んとする魔法陣を描いた。

だが、事実はその真逆だった。

この魔法陣こそが、異界から黒い霧を召還する根源だったのだ。転移魔法を組み込んだ魔法陣は、数十年に一度ラヴィレ郊外に黒い霧を呼び出すようになった。

黒い霧を定期的に発生させ、それをミラジェス家に生まれた光のいとし子が浄化することによって、王家への強い影響力を保とうと目論んだのだ。国を乗っ取るよりも、娘を王へ嫁がせ陰から操った方が良い。

「そのような身勝手で父を殺すだなんて……そんなの……」

父の苦しみを思うと、頭の奥がキンと痛くなった。許せない。どうして父が死んでしまったのに、叔父が、あの男が生きているのだろう。心が黒く塗りつぶされていくような、闇に染まっていくかのような昏い気持ちに引きずられる。

どこかから声が聞こえる。

――苦しいだろう?――

ええ。

――光の気配を纏う娘よ。闇を受け入れるがいい――

そうしたら、お父様の無念を晴らせる?

――もちろんだとも。憎いものを滅ぼし、この世界を闇で覆いつくすんだ――

それは真実を知り悲しさと苦しさに浸食されたルーリエの心にするりと入り込んだ。誰の声だろう。知らない人？　でも、この声を知っている。遥か遠く、どこかで……。

ぼんやりと意識が遠のきそうになったその時、上から凛《りん》とした声が降り注いだ。

「ミラジェス公爵、貴様の身勝手さ故の非道な行いについて、後ほどたっぷりと聞かせてもらう。その上で、法の下で裁きを受けてもらう」

ぽんと肩に置かれた手のひらから温かさが伝わってくる。

「い、今わたし……誰と……」

ハッと我に返った。ドクドクと心臓が大きな音を立てている。

負の感情を増大させようと、人の意識に入り込むあれは、もしかして黒い霧……こちら側に漏れ出た常闇の意思なのだろうか。

きっと魔法陣を通して常闇がこちら側の世界に干渉しようと試みているのだ。

このままでは大変なことになる。本能がそう告げている。

「ベルナール様、時間がありません。あの魔法陣を早急にどうにかしなければ、ラヴィレが大変なことになります」

ルーリエは言い募った。

ちょうどミラジェス公爵を魔法で拘束し終えたベルナールがこちらを見て、「私も同意見だ」と頷いた。

前ミラジェス公爵の手紙には魔法装置の詳細が丁寧に書かれていた。おそらく、彼は公爵家に伝わる秘伝の文献を読み、知識を理解した上で書き記したのだろう。

誰かに託すことを前提にした文面のおかげで、魔法陣の効力を失くすための魔法理論を組み立てたベルナールは、宮殿舞踏会の日に、密かに国王や父、ルニテエール公と会談の場を持った。

舞踏会の日を選んだのは、イグレンとミラジェス公爵に勘づかれる確率を下げるためだ。

特にイグレンはベルナールのやることなすこと全てが気に食わない。であれば、大勢の人が集まり、必然的にそちらへの対応に追われる日を選ぶことにした。

王の筆頭魔法使いも交えた席で数百年の間秘匿にされてきた真実が明らかになり、早急に精霊殿の魔法陣を無効化しようと話がまとまりかけた矢先、ルーリエ行方不明の報が届いた。

「おまえときたら、ルーリエがいなくなった。予定を変更するとだけ言い捨てて宮殿を飛び出すのだから。これでは残された者たちが右往左往してしまうよ。とにかく、可愛い義娘の居場所が件の精霊殿だというのなら、万が一に備えて聖女殿の協力を取りつける。どうだい、私は有能な父親だろう?」

「チチウエハユウノウデス」

場違いなくらいニコニコ顔で息子に褒めて褒めてと訴える父を、ベルナールはスンとした表情で対応した。

実際、ルーリエの危機に頭の中が真っ白になったベルナールは一人で宮殿を飛び出し、彼女のもとへ走った。

イグレンからあのような手紙をもらっておきながら何も手立てを打たないはずはない。ベルナール は同意を得て事前にルーリエの肌とドレスに位置特定の探査魔法陣を仕込せてもらっていた。

ベルナールのあとを追う形となったルニテエール公は、魔法使いと聖女を連れて来てくれた。

ルーリエが聖女たちに目配せをする。頷き合う彼女たちは、すでに臨戦態勢を整えつつある。

「ではいつものようにわたしが古の歌を歌います」

「わたしたちはいつでも祈りを捧げられます」

ルーリエが胸の前で両手を組み、大きく息を吸った。

「事情が変わり、魔法陣の解呪は予行演習なしの一発本番になった。絶対に成功させるぞ!」

ベルナールは号令をかけた。

王を交えた密談では、複雑な魔法陣を解呪するための役割分担を決めるあたりで解散となった。緊急事態が発生し、ベルナールが部屋を飛び出したからだ。

今ここでベルナールを含めた五人の魔法使いで役割分担を決め、丸い魔法陣の各所に散らばる。


光は始まり。原初の理。祝福よ、この地へ降り注げ。

全てを祓う癒しの光よ。歌となり、風となり、世界を満たして。


彼女の美しい歌声が聞こえてきた。

いつかの時のようにルーリエの体が黄金色に包まれる。そしてそれは聖女たちへと伝播していった。

「我々も詠唱を始めるぞ！」

ベルナールの声に合わせて魔法使いたちが一斉に頷いた。


今まで経験したことのないような強烈な瘴気を前に、ルーリエの足はがくがくと震えていた。

光の精霊が伝えた歌に対する反発と抵抗を体中にひしひしと感じる。

——苦しい。ここには何もない。おのれ、このような場所に閉じ込めおって
闇の嘆きが肌を刺した。異界から常闇の負の感情が迫りくる。それらがこちらの世界では瘴気、即ち黒い霧となって、生きるものたちへ襲いかかる。

何度歌っても途切れることのない黒い霧に、体力と気力が奪われる。

集中力を切らしたら終わりだ。汗がじとりと額に浮き上がり頬を伝いぽたりと落ちた。

でも、大丈夫。わたしたちで何とかする。

(だって、ベルナール様も一緒だから。彼なら絶対に魔法使いたちと協力して魔法陣を解呪してくれるもの。だから根性を見せるのよ！)

希望が胸に灯る。それはとても温かくて心強くて。

ルーリエにとっては頑張ろうと思わせてくれる原動力で。

強気は無敵に通じるのだ。わたしは、できる。そう心を鼓舞する。

やがて黒い霧の威力が弱まっていっていることを感じ取った。

もうあと少し。

ルーリエは歌った。それは優しく慈愛に満ちた声で、ベルナールや魔法使い、それから聖女たちを癒していった。

長い夜が終わったような感覚だった。

「終わったよ、ルーリエ」

その声につられて組んでいた両手を解いた。

辺りを見渡せば魔法使いたちが床の上に座り込んでいた。聖女たちも同様だ。疲労困憊《ひろうこんぱい》という体だったが、その表情は清々しいものだった。

「魔法陣は解呪できたのですか……？」

「ああ」

ベルナールのその声でぷつりと気力の糸が切れたのが分かった。

その場に崩れ落ちるルーリエをベルナールが後ろから抱き留めてくれた。

「皆さん満身創痍《まんしんそうい》なのに、ベルナール様すごいです」

「妻の前ではいい格好がしたいんだ……。とはいえ、さすがに私も疲労困憊だ」

苦笑を漏らしながらベルナールも座り込んだ。いつも完璧な彼が見せてくれた珍しい光景に、思わず笑ってしまった。

「わたしも疲れました。一緒の寝台で爆睡しましょうね」

「今日ばかりはあなたに不埒《ふらち》なことをする気力もないな。思う存分寝よう」

二人で笑い合い、一緒に帰れることを喜んだ。

それからもう一つ。ルーリエは心の中で「ありがとう」の想いをつけ足した。

彼がいたから、あの時彼の声が聞こえたから、闇に呑み込まれなかった。復讐心《ふくしゅうしん》に炎をつけ、常闇の思うまま、負の感情に捕らわれるようなことにはならなかった。


黒い霧がラヴィレに発生することは今後ないだろう。だが異界との境界が曖昧になり、そこから瘴気が染み出る可能性はゼロではない。

しかし、人為的に黒い霧がこちら側に召喚されることはなくなった。

ある日を境にラヴィレの空気が清浄になった。しかも、黒い霧の発生がめっきり減った。否、なくなったのではないか。民たちが気付き始め、密やかに「光のいとし子による奇跡だ」と言われているらしい。

ルーリエとしては複雑だった。数十年に一度の割合でラヴィレ近郊に黒い霧が発生していたのは、自分の先祖が原因だったのだから。

「今日、これから沙汰が下されるのですね」

「ようやく諸々の後処理が終わったから、陛下からお言葉を賜ることになっている」

今ルーリエがいるのは宮殿に数ある控えの間の一室だ。

古い精霊殿に描かれた魔法陣の効力をベルナールたちが消したあと、二人はずっとラヴィレに留まっていた。

拘束されたミラジェス現公爵への取り調べと公爵家への家宅捜索、それから事件へのイグレンの関与など、多くの処理に忙殺され、ベルナールは朝から晩まで宮殿と関係各所を駆け回る日々だった。

その間、ルーリエは改めて父から託された手紙の内容を思い返しながら過ごしていた。

原本はあいにくと証拠として押収されているため、読むことはかなわない。

父はおそらく、弟との意見の食い違いについて危機感を持っていたのだろう。万が一の保険のためにルーリエ宛に手紙を託していた。

結局父は事故に見せかけて殺されてしまった。

現ミラジェス公爵、父の弟である彼が公爵家の秘密を聞かされたのは、後継ぎである父の子供がルーリエ一人きりで、王太子妃に内定していたためだ。父の跡を継ぐのは弟の子、つまりは現ミラジェス公爵の息子になる。よって祖父は息子二人へ機密事項を伝えることにしたのだと、手紙には書かれてあった。

善良な父には、あのような秘密は重すぎた。ミラジェス公爵家の身勝手さで定期的に王都の民たちは黒い霧の恐怖に見舞われるのだから。

「ミラジェス公爵家は……長い歴史の中で膿《うみ》を溜め込みすぎました。光の精霊から授けられた知識をいいように流用し、黒い霧を吸収するような魔法陣まで編み出した。……きっと、わたしのように秘密裏に魔法陣を体に刻まれ、命を散らした娘たちが一定数いたのでしょう」

「誰がそうだったとは、今となっては断定することはできないが……」

家系図を紐解けば、本家や分家に生まれた娘、そして王家に嫁いだ妃が産んだ娘たちの中には、一定数早死にする者があった。

光の精霊の血がむやみに拡散しないように。黒い霧の浄化が間に合わず、思うように成果が現れず人身御供《ひとみごくう》に。その時々の様々な思惑の中で、あの魔法陣を体に刻まれた娘がいたのだと考えれば、やりきれない気持ちになった。

気分が沈みがちになるとベルナールが決まってルーリエを抱きしめてくれた。

今も、隣に座った彼の腕が肩に回り、ルーリエをそっと引き寄せる。彼の肩に頬を寄せ目をつむる。

(でももう、そのような悲劇は繰り返してはいけないのだわ)

扉が叩かれ、従者のアティリオが入ってきたため、ルーリエは慌てて身を起こした。

宮殿に仕える侍従と近衛騎士に先導され、ルーリエはベルナールと一緒に宮殿の執務棟奥にある一間へ入った。

長方形の室内の中央には長いテーブルが置かれてあり、最奥には国王夫妻が座っていた。

ルニテエール公夫妻と、内務卿、法務卿、それから国王付き筆頭魔法使いの姿もある。

ルーリエたちが着席したのち、再び扉が開き、車椅子に乗ったイグレンが現れた。

あの日、濃度の高い黒い霧をその身に浴びてしまったイグレンは、以前のルーリエのように体力が極端に減り、自立した生活が困難になってしまった。

ルーリエの場合は内に宿る浄化能力によって黒い霧を浄化することができたが（浴び続けていた時はさすがに追いつかず寝たきりになっていたが）、一般人である彼はそうもいかない。

イグレンの命令に従っていた他の近衛騎士たちも同様であり、彼らもまた同様の後遺症を患っている。

「さて、全員揃ったな。では始めよう」

国王がぐるりと室内を見渡した。

ルーリエは膝の上に置いた拳をぎゅっと握った。

「まずは――、ルーリエ・ヴィレ・ハルディエル夫人。此度の件での、そなたの働きには感謝する。そなたはその心に従い、前ミラジェス公爵から託された手紙を隠すことなく夫であるベルナール・ヴィレ・ハルディエルに託した。そのことにより、王都ラヴィレは長年の懸案事項であった黒い霧の脅威を退けることができた」

国王は穏やかな顔と声でルーリエに話しかけた。

こちらを気遣う色を乗せたそれに、罪悪感が湧き上がる。

「しかし……」

「何も言うでない」

国王は首をゆるりと振った。

「さて、今から遡《さかのぼ》ること数百年前、当時のミラジェス公爵家はある罪を犯した。だが、その本人はもういない。その罪を知りつつ口を閉ざしてきた現在のミラジェス公爵本人は現在牢《ろう》にて拘束中だ。彼には隠蔽罪《いんぺいざい》と詐欺罪《さぎざい》、それから前ミラジェス公爵殺害の罪もあるな……、まあいくつかの罪に問うことになるだろう」

黒い霧の発生の秘密は歴代の当主のみに引き継がれてきた。一族の多くは秘密を知らない。罪は現在の当主であるルーリエの叔父にのみ問うことになると、国王は続けた。

叔父への処罰は、追って沙汰が下るとのことだが、一生涯自由はない身になるだろう、と国王は告げた。それと同時に公爵家の財産が半分ほど没収されることにもなった。

「ミラジェス公爵家の名を取り上げることも考えたのだが……、ルーリエ夫人の生家である名が消滅してしまうのもいささか問題があるのでな。ひとまず、ルーリエ夫人がミラジェス公爵家を継げばいい」

「わた……くしが、新しい当主になるのですか?」

突然の指名に目を丸くするルーリエに対し、イグレンを除いた国王以下全員が平然としているから、これはすでに決定事項なのだと、胸に落ちてきた。その中で王妃だけが苦々しい顔をしていたのだが。

王に代わり口を開いたのは筆頭魔法使いの座に就く、壮年の男だ。

「ミラジェス公爵家の歴史は古いです。光の精霊から授けられた知識の継承を今後どのように行うのか、これをしっかりと決めておく必要がございます。一連の件に深く関わることになったハルディエル夫人ご自身がこれらの財産を受け継ぎ、悪用されないためにどうすればいいのか。我々国王陛下にお仕えする魔法使いたちと共に考えていきましょう」

その言葉には連綿と受け継がれてきた光の精霊の知識を、ルーリエの代で消失させることへの懸念が含まれていた。

知識とは何物にも代えがたい財産だ。常闇に対抗する強力な武器になる日がいつか来るかもしれない。

ルーリエの使命は次の世代に正しくこれらを継承することだ。そして、二度と悪用されないようにしなければならない。

「分かりました。わたくしルーリエ・ヴィレ・ハルディエルはミラジェス公爵位を引き継ぎ、陛下のご期待に沿えるよう心を尽くして働く所存でございます」

「うむ、よろしく頼むぞ。ミラジェス一族は光の精霊に固執するあまり、少々排他的な文化があるからな。精霊殿への影響力も大きなものがある。今後はこのあたりの改善もよろしく頼む」

「かしこまりました」

国王にさらりと追加事項を言われたが、頷くしかない。

ルーリエの代で生まれ変われるよう尽力しよう。聞けばミラジェス公爵位を存続させるもさせないもルーリエの一存だという。

すでにハルディエル公爵に嫁いだ身である。生家の名をどうするのか、今後ベルナールと一緒に考えていきたい。

「では、次はイグレンの処遇についてだ」

一転して国王が低く冷厳な声を出した。

一同の目がイグレンへと向かった次の瞬間、彼は堰を切ったかのように叫んだ。

「父上！　僕はミラジェス公爵に騙《だま》されたんだ！　僕は何も悪くないっ」

「まだそのような甘ったれたことを言うのか、イグレンよ」

「しかしっ」

「黙れ！」

ついには国王が強い声で一喝した。さすがにこれに対してはイグレンも反発できないようで、ぐぅっと唇を噛みしめる。

「おまえはミラジェス公爵にいいように使われた。だが、その原因は何だ？　そもそもおまえが病身のルーリエ夫人を一方的に追い払ったことがことの発端だろう。苦しむルーリエ夫人を顧みず、ビアンカ嬢にうつつを抜かし、挙句に何の承諾もなしに勝手に新しい婚約者にした。さらにはビアンカ嬢に請われるまま、彼女の家庭教師を何度も辞めさせた」

最初は眉を吊り上げていた国王は次第に、情けない者を見るような目つきでイグレンを見据えた。

最後の辺りではため息まで吐く始末だった。

「一人の女の好き嫌いに左右され物事を決めるなどあってはならぬことだ。さらにはその父の甘言に乗り、ハルディエル公爵の承諾なしにルーリエ夫人を宮殿から連れ出した」

「それはっ、たかだか家庭教師くらい、いいではありませんか。人には合う合わないがあるのです。それに、母上だって昔同じように僕の家庭教師を辞めさせてくれました」

息子の言い訳に、国王がさらに深いため息を吐いた。だいぶ深い穴が掘れそうな代物だった。

「……私の最大の過ちは、息子への情のかけ方を間違えたところだな。これは妃よ、そなたにも言えることだが……」

「だ、だって、イグレンはようやく授かった息子なのですよ」

国王の隣に座る王妃が擁護に回り始める。

何とかして息子を救いたい王妃の言い訳に対し、国王は厳しい目を向ける。彼女はそれ以上言うことなく、押し黙った。

「その結果が、息子のこの浅慮さに繋がった。いいか、イグレンよ。たかだかそれくらいと思うところがおまえの傲慢さなのだ。おまえは己の一言で多くの人間の運命を変えてしまうのだという自覚が足りない。今回は何とかなった、悪いのは騙した方だ。そのようなこと、一般市民の言い訳では通用するかもしれないが、国王には通用しない。我々王族の判断によって多くの国民の運命が変わるからだ。おまえはそのことをじっくり考えたことがあるのか？」

「それは……」

「イグレン、おまえには王への資質が欠けている。今回の件でよく分かった。私も遅くに生まれた息子への愛情で、王としての目が曇りかけていた」

国王はここで一度口を閉ざし、すっと眼差しを鋭くした。

射すくめられたイグレンが車椅子の上で身を強張らせる。

「イグレンよ、おまえを今日を以って廃嫡とし、謹慎を命じる。そして新たな王太子はベルナール、そなただ」

室内に王の声が響き渡った。

ベルナールは黙ったまま粛々と首を垂れた。

「私の不始末をベルナールに押しつけることになりすまない。無用な派閥を作らぬよう、臣下や貴族たちには、イグレンに肩入れせぬよう、よくよく釘をさしておく。どのみち、あの体では国王の責務は勤まるまい」

国王はちらりと息子へ視線を投げかけた。彼は今のこのやり取りで疲労困憊してしまったようで、車椅子の背もたれに深く体を預け、いささか荒れた呼吸を繰り返している。

「王太子として、この国の平和に努めてまいります」

「よろしく頼む」

ベルナールはもう一度首を垂れた。

黒い霧の原因たる魔法陣が消滅して二カ月が経過した。

「お父様、今日ようやく報告に来ることができました」

ルーリエは白い花を墓前に添えた。

ここはラヴィレ近郊にあるミラジェス公爵家の墓地。両親が眠る前でルーリエは瞼《まぶた》を閉じ祈りを捧げた。隣に佇むのはベルナールだ。彼もまたルーリエと同じように瞳を閉じている。

一陣の風が抜けたあと、二人はゆっくりと目を開けた。

「義父《ちち》上が残してくださった手紙のおかげで、私はリーゼンマース領で発生した黒い霧の真実に辿り着くことができました。そしてラヴィレを救うことができた。全てはあなたの勇気ある告発文のおかげです。感謝申し上げます」

ベルナールの礼に合わせてルーリエもゆっくり首を垂れた。

そう、パンケーキの日にエトワルムで発生した黒い霧も叔父の仕業だったのだ。彼はベルナールに下賜されたルーリエがしぶとく生きていることに焦燥し、一計を案じた。

数百年前に建立した精霊殿の最奥に描かれた黒い霧を召還する魔法陣を模して、瘴気発生魔法陣の簡易版を作ったのだ。羊皮紙に描かれたそれを流れの魔法使いを雇い魔力を注がせたのち効力を発生させた。

現場検証の最中魔法陣が描かれた紙片を見つけたベルナールは書かれた文字を解読しようと試みたが、王都の古い文献を調べても成果がなかった。八方ふさがりだった時に前公爵が残した手紙をルーリエから受け取ったというわけだ。

拘束中のミラジェス公爵を尋問すれば、彼は素直に関与を認めたのだった。

「お父様が亡くなったことは悲しいし、叔父のことは許せない。けれど……彼の罪は明らかになった。法に則り裁かれ、終身刑が言い渡されたわ。これを一区切りにして、わたしはベルナール様と一緒に前を向いて、これからの人生を歩んでいく。だから……見守っていてね」

他にもいくつか決定事項があった。

イグレンは王都から離れた土地で静養することになった。聞こえはいいが、人が出入りすれば悪目立ちする自然豊かな土地での隠遁《いんとん》生活である。彼は僅少の側仕えと共に旅立った。

その中にビアンカの姿はなかった。

彼女はルーリエ同様、ミラジェス公爵家の秘密を知る立場になかった。今回の件では、せいぜい自身の王太子妃としての資質のなさが露わになったくらいである。

婚約者であるイグレンが廃嫡となり、父であるミラジェス公爵が収監され、爵位はルーリエが引き継いだため、ビアンカに残された選択肢は、イグレンと共にあるか、残された家族と共に田舎で隠匿生活を送るかの二択だった。

彼女は再三に渡りベルナールに対して陳情書を送ってきた。手紙が十通を超えた時点で彼が一度面談に赴いた。

ようやくベルナールとの面談が叶ったビアンカは瞳に涙を浮かべながら「これからは、この身に宿る浄化の力をベルナール様のためにお役に立てたいのです」と訴えたそうだ。

ここで終われば彼女も色々と思うことがあったのだろうという感想だったのだが、話はさらに続いた。ビアンカはベルナールに向かって「実はルーリエは……」と、さも自分がルーリエにいじめられていたかのように小さな頃の思い出話を語ったそうだ。

それらを聞き終えたベルナールはビアンカに対して沙汰を下した。

内容は、これまで聖女の手が回らなかった僻地を順番に巡り、祈りを捧げ続けるというもので、ベルナール曰く「光の精霊に祈りを捧げ続ければ、その性根も少しは改善されるのではないか」とのことだった。

ラヴィレに集められていた聖女たちは、彼女たちの希望を聞きつつ、故郷近くの精霊殿への配置換えなどを行っていく予定だ。異界との境界が曖昧な土地というのは、世界各地に点在し、それはシエンヌ王国も同様だ。

溺愛する息子の処遇に不満の色を隠せない王妃は、国王の図らいで国外へ嫁いだ三人の娘たちのもとを順に巡ることになった。一番目の元王女は三人のやんちゃざかりの息子がいるため、彼らと接するうちに、心に変化が訪れることを王が願ったためだ。彼女が不在の間は、ルニテエール夫人とルーリエで王妃の職務を代わるつもりだ。

「では、お父様、お母様、またご挨拶に来ますね」

最後は両親の墓に向けて笑顔を作った。

ミラジェス家はルーリエに託された。これからやることは山のようにある。父がやり遂げようとしたことを、引き継ぎたい。そして、未来へ託したい。

ルーリエはベルナールと手を繋ぎ、丘を下った。

希望の光を胸の中に生むことができたのも全部彼が隣にいてくれるからだ。


丘を下るルーリエのすぐ隣を風がふわりと踊る。そのたびにスカートの裾が軽やかに舞い、細道の両側に広がる緑色の絨毯《じゅうたん》がさわさわと揺れる。

周囲にはルーリエとベルナール以外の人の気配はなく、久しぶりの解放感に浸った。

「ベルナール様とこうして出かけるの、久しぶりですね」

「今後は気軽に出歩けられなくなるのが寂しいな。リーゼンマース領で散歩を日課にしていたことが懐かしい」

今やベルナールは王太子だ。そしてルーリエはまさかの王太子妃になった。人生何が起こるか分からないものである。そして一度公爵夫人としてのんびりした生活を送ってしまったせいで、現在の生活が若干窮屈……と思ってしまうのは仕方がないことで。

「夏の休暇はリーゼンマース領でのんびりしましょうね。また釣りもしたいです」

「それを励みに頑張ろう。来月には私の立太子の式典と結婚式がある。これからまた忙しくなる」

「わたし、気がついた時にはベルナール様の妻になっていたので、改めて結婚式ができてちょっぴりお得かも……なんて」

急な王太子交代劇を祝福ムードに代えるため、立太子の儀のあと結婚式を挙げることになった。

すでに夫婦ではあるが、花嫁衣装を着られるのは純粋に嬉しい。

丘を降り、辺りが花畑に変わった。淡紅色や白色、黄色など目に鮮やかな花々が楽しげに揺れている。

「ルーリエ」

唐突にベルナールが立ち止まった。手を繋いでいたルーリエも同じく足を止める。

彼は真面目な顔でこちらを見つめている。

きょとんと、視線を投げかけると、彼がすっと片足を地につけた。

「ルーリエ、改めて請いたい。私と結婚式を挙げ、王太子妃として、そしてゆくゆくは王妃として、私の隣を共に歩んでほしい」

「ベルナール様……」

真摯な瞳がルーリエを見上げる。縫い留められたかのようにその視線から離れられない。

「愛している。あなたがいれば、私は王として強くあれる」

「わたしの方こそ……あなたには感謝しているのです。悲しい時、辛い時、いつもあなたが側にいてくれました。今回の件でだって……叔父への憎しみに胸を真っ黒に染めることがなかったのは……あなたがわたしの隣にいてくれたおかげです」

ベルナールは、闇に染まりかけたルーリエを引っ張り上げてくれた。一人ではないと気付かせてくれた。

「では、私と一緒にこの先の未来を歩んでくれるのだろうか?」

「もちろんです」

瞳を潤ませながらこくりと頷くと、ベルナールが立ち上がった。

ルーリエはその胸の中に飛び込んだ。

「王太子妃は重たいと言われても、もうあなたを逃すつもりはなかったのだけれど。良い返事がもらえてよかった」

「確かに……ほんの少しだけ、ほんとーうにちょこっとだけ、のんびり生活にも未練がありますけれど」

涙目になったのがほんのちょっぴり恥ずかしくて、そんな風に茶化《ちゃか》せばベルナールがぎゅうっとルーリエを抱きしめ持ち上げる。

「逃がさないと言っただろう?」

こちらを見上げるベルナールが不敵に口の端を持ち上げる。

こういう表情も格好いい……、と一瞬見惚《みと》れ、涙も引っ込んでしまった。

全身全霊で気持ちを表してくれる彼が大好きだ。

「冗談ですって〜。わたしはベルナール様のお側にずぅーっと、ずーっといます！」

その証にと、チュッと素早くベルナールの唇を奪った。

すると彼が目を丸くしたから、いたずらが成功した子供のように満面の笑みを浮かべた。

「約束だ。この先もずーっと一緒だ」

ルーリエを抱き上げたまま、ベルナールがくるくる回った。

なんだかとっても楽しくなってルーリエはきゃあきゃあ笑った。

終章　ルーリエと二度目の蜜月

晴れ渡った実月《みのりづき》の空に、祝祭の鐘が吸い込まれる。

宮殿の敷地内に立つ精霊殿の長い身廊を、ルーリエは花嫁衣装を身に纏いしずしずと歩いていた。

向かう先、祭壇の前で待つのはベルナールだ。薄いヴェール越しに彼の背が見える。黒髪に白い儀礼服がとっても映えている。

彼に近付くごとに、胸の鼓動が高鳴っていくのが分かった。

自分たちの始まりは王族や貴族の政略結婚の例から見ても特殊で、気がついた時には既にベルナールの妻になっていた。

死にかけだった当時、結婚式を挙げる体力などあるはずもなく。起き上がれるようになってからは体力回復訓練が重要課題だった。

だから今、改めて結婚式を挙げていることが感慨深い。

やはり「式」というのは気持ちの区切りの意味でも人にいい影響を与えるのだろう。

ルーリエとしてはすでにベルナールの妻との意識はあるのだが、神の前で誓うとなれば、改めて身の引き締まる思いだ。

それに花嫁衣装を着られたことも嬉しい。

この日のためにと、宮殿に仕えるお針子たちが代わる代わる製作に当たった花嫁のためのドレスは最上級の絹地が使われ、光の加減でとろりとした薄紅色にも見える。

同じ絹糸で薔薇の刺繍が施され、前身頃には真珠とダイヤモンドが惜しげもなく散りばめられている。ルーリエの細腕を隠すレースの長手袋や床に届くほど長いヴェールはシエンヌ随一と名高いレース工房の熟練の職人によって手掛けられたものだ。

使用された素材はどれも一級品。実は王太子妃に内定していたルーリエのために数年前から集められていたものだった。

イグレンに婚約破棄されたことで、宮殿の衣装室に集められていたそれらの使途が宙に浮き、此度の王太子交代に伴い、ルーリエに使用の権利が戻ってきた。

頭上には代々の王太子妃が婚姻の際に着けたティアラが輝いている。そして首や耳には王家に伝わる宝飾品が飾られている。

祭壇に到着し、ベルナールと並び立つ。

二人一緒に神官から言葉を賜り、次はいよいよ夫婦の誓いの言葉だ。

「私、ベルナール・ヴィレ・シエンヌは、ルーリエ・ミラジェスを命ある限り愛し慈しみ、生涯共にあることを原初の神に誓います」

その声がルーリエの全身を駆け巡る。

心が震えた。

同じものを彼に返したい。あなたの隣にずっといることを。あなただけを愛し続けることを。

「わたくしルーリエ・ミラジェスも誓います」

二人で順番に結婚誓約書に署名をした。

叔父が代筆した最初のそれは破棄され、今日から今ルーリエが署名したこの誓約書が原本として保管されることになる。

ベルナールの名前の隣にルーリエの名前が書かれてあるのがとっても嬉しい。

最後は触れるだけの口付けを交わし合いながら、ふと思った。

(わたしたちの場合、結婚記念日って年に二回あるのかしら?)


結婚式ののち無蓋馬車に乗りラヴィレを一周し、その後は宮殿で一番大きな晩餐室で大勢の招待客と共に夕食をとった。

宴会は夜更けまで続くことだろう。この日のためにとたくさんの食材やぶどう酒が集められ、宮殿の厨房からは肉を焼く香ばしい匂いが立ち上っていたのだ。

(結局、挨拶が忙しくてあまり食べられなかったわ……)

宴席を途中離脱したルーリエは女官や侍女たちに先導され、宮殿の奥へ向かった。

国王による王太子交代の宣言がされたのち、ベルナールとルーリエは宮殿に移り住んでいた。その際、改めて結婚式を行うことになったのだからと、夫婦は寝室を分けられた。

正直今更なのでは、と思わなくもないのだが、こういうのは形から入るものだと諭されれば、まあそういうものか、と頷いた。結婚式を挙げる新婦の肌に赤い跡が散っているのも侍女たちの目に毒だろうとクララに突っ込まれれば、「確かに！」と納得した次第だ。

そのようなわけで、本日は久しぶりの夫婦同衾である。

「なんだか初夜を迎える気分だわ……」

温かな湯に浸《つ》かり、全身を磨き上げられたルーリエからはふわりと甘い香りが漂う。

淡い薔薇色の髪にも染み一つない白い肌（この数週間ベルナールとのいちゃいちゃがお預けだった成果だ）にはたっぷりと薔薇の香油が染み込んでいる。

「形式的には本日が初夜でございますよ、ルーリエ様、……いえ、妃殿下」

「もう、堅苦しい場所じゃない時は妃殿下の呼称じゃなくてもいいのに」

「いいえ。ただでさえわたしは昔からルー……いえ、妃殿下にお仕えして緊張感が足りないと侍女頭に注意をされますので、日頃から気を引き締めませんと、大事な場面でうっかりを発揮してしまいますので」

「あなたも今回を機に宮殿に雇われる正式な侍女になったのだものね」

元はミラジェス公爵家が雇用したルーリエ専属の侍女だったクララをベルナールが内宮府《ないくう》に推薦し

てくれたのだ。引き続き彼女が近くにいてくれて、気負いのない雑談を交わせるのは純粋に嬉しいし、心が安らぐ。

クララが一礼して去っていったため、今日からベルナールと暮らすことになる部屋にルーリエは一人残された。

何とはなしに絹の寝間着を見下ろす。

「うわ……うわ……。久しぶりだから緊張する……」

何だろう。結婚式を挙げたことによる新婚気分が高まっているせいだろうか。これからベルナールが来るのだと思うと妙に照れくさく、心臓の鼓動が急激に早まった。

「ずぅっとベルナール様と一緒に眠っていたのに……数週間ぶりだから？　うう～、顔が火照るわ」

パックをしたおかげでもちもちうるうるになった頬に両手を当て、体を揺らすルーリエである。

トントン、と扉を叩く音に「ひゃっ」と声が出たのと、ベルナールが顔をのぞかせたのが同時だった。

当然ながら彼も寝衣に着替えていて、開いた胸元に目線が吸い寄せられ、慌てて逸らした。

「ルーリエ、夜食を用意したんだ」

「えっ！」

そして胸のドキドキはベルナールの発した「夜食」という言葉によって霧散された。

尻尾を振る勢いでいそいそとベルナールのあとに続き、小部屋に移動した。

丸いテーブルの上にはスープなどの軽食が並べられていた。

「あなたがお腹を空《す》かせているだろうと思って」

「ありがとうございます！　晩餐会《ばんさんかい》ではあまり食べることができなかったので嬉しいです」

「私も今日はあまり食べられなかったから腹が減った」

これから夫婦二人、気負いのない時間である。

温められたパンを手に取りまず一口。ほんのりした甘さに食欲が刺激され、スープの皿に手が伸びた。

ポタージュスープが胃を温めてくれる。

「うぅ〜、生き返ります」

「ルーリエはいつも幸せそうに食事をするから、私まで食事が楽しくなるんだ」

「男性の前で食欲を爆発させるのは淑女としてどうなのかと思わなくもないのですが、食事が美味しいのでつい」

ルーリエは頬を蕩けさせた。

黒い霧の影響で衰弱症を患い、ずっと寝たきりだった。

だからこそ、健康になった現在、その尊さについてひしひしと実感するのである。

自分の意志で自由に体を動かし、食欲のままにものを食べる。

健康だった時は当たり前だった感覚も、ままならない状況に追い込まれて初めて、それがどれほどに幸福なことだったのかに気付かされた。

「元気にモリモリ食べるあなたが好きだから、これからも遠慮せずにたくさん食べてほしい」

「もう……ベルナール様ったら。モリモリは食べま……せん」

と言いつつパイ包み焼きをぺろりと食べ、デザートのケーキも美味しくいただいた。

酒漬け果実をたっぷり入れて焼き上げたケーキにはアイスクリームが添えられていて、美味しさを堪能する。

何か視線を感じて目線を上げれば、ベルナールの愛情を込めた眼差しとかち合った。

「私の分も食べるか?」

目の前にフォークを差し出されれば彼の手ずからケーキを食べてしまう。

それを幸せそうに見つめるベルナールの瞳が柔らかで、胸の奥がほんわかしてつい彼のデザートまで完食した。今日だけ。今日だけ特別で、明日からはデザート二人分は遠慮する。そう心の中で繰り返す。

病に倒れる前の体つきを取り戻した現在、気を緩めれば体重増加の一途をたどるだろう。

乙女としては理想の体型を維持する努力も必要なのである。

ほのぼのとした空気が蔓延《まんえん》し、ほどよい疲労に包まれたルーリエの頭の中からは、今日が形式的な初夜だということがすっかり抜け落ちていた。

「ん……ぁ……ベルナール……様っ」

ギシギシと、寝台が大きく揺れる音がする。

「もっとあなたを感じさせてくれ。ずっとあなたに触れられなくて気が狂いそうだった」

ずん、と硬くて熱いものが体の奥へ埋め込まれた。

内側を焦がすようなそれに全身が戦慄く。

ベルナールが腰を引くたびに蜜道は寂しげにひくつき、一気に最奥を突き挿すたびに、彼を絡め取ろうと蠢く。

数週間のお預けを余儀なくされたベルナールは空白の期間を取り戻すかのようにルーリエに触れていった。

「あなたときたら、私の恋情になど気付かないとでもいうように、お腹も満たされましたしいい夢見れそうです、などと言うのだから」

魔法の明かりに照らされたベルナールの藍色の瞳の中に獣じみた光が灯る。

蝋燭《ろうそく》よりも強い光は夜の暗さを低減させる。彼に組み敷かれ、体の隅々までその視界に映っているのだと改めて感じれば、羞恥心から頬に朱が走る。

「私はルーリエに触れないと、心の飢えを満たすことができないというのに」

その台詞と同時に最奥に屹立が埋め込まれた。

その後も断続的に腰をがくがくと揺らされる。同時にくちゅくちゅといやらしい水音が寝室内に響く。

「あっ……んっ、ベルナール様……ああ、奥ばかり……だ、だめ」

どうやらベルナールのたがを外してしまったのはルーリエの呑気《のんき》な台詞が原因らしい。

いやでも、お腹が満たされればあとは睡眠欲だけではないか。日が暮れ、夜に浸食されれば人は眠るものである。

という理屈も若夫婦には通用しないらしい。何しろ男盛りの二十二歳が愛おしい妻と半ば強制的に寝室を離され、一切触れることが叶わなくなったのだから、とはベルナールの談であった。

などということを、口付けの合間に囁かれ。

性急に夜着を剥《は》ぎ取《と》られ。胸や腹などにたくさんの赤い花びらを散らされ。

ルーリエはベルナールの望むまま啼かされた。

その声すら誰にも聞かせたくないとばかりに唇で塞がれ。彼の肉厚な舌がルーリエの呼吸ごと独占するように口腔内を縦横無尽に動いた。

性急に高められた体は久しぶりの愛撫を待ちわびていたかのようにベルナールに対して従順だった。

「あなたの奥に私のものを挿し込むたびに、たくさんの蜜が溢れ出てくるというのに？」

ベルナールの指摘に、かろうじて残っている理性が火を噴く。

「お、音は聞いちゃだめ……」

そう訴えるこの瞬間もベルナールは律動を緩めない。そのたびにこぽこぽと湧き出る愛液が撹拌され、くちゅくちゅといやらしい音を立てるのだ。

「あなたが私に感じているという証拠だ」

ベルナールがルーリエの両足を持ち上げ肩に担ぎ上げた。

二人が交わる角度が変わり、さらに奥に屹立が埋まる。硬い肉棒に襞を擦られ、快楽が背を駆け抜け頭の奥へ届く。

声にならない悲鳴を上げたルーリエの体がびくんと大きく跳ねた。

「ルーリエ、本当に愛らしい。私だけが寝台の上で乱れるあなたを知っているんだ」

ベルナールが嬉しそうに囁いた。

普段の落ち着いた様相から一変し、今の彼は野性味を帯びていて、その瞳には妖しげな光を宿している。肉食獣の食事風景を思い起こさせるどこか危うげな雰囲気にルーリエは飲まれそうになる。

(わたしこのままベルナール様に体中を食べられてしまうわ……)

上から剛直を落とされ、先ほどまでよりももっとベルナールを感じる。

熱い屹立は容赦なくルーリエを穿《うが》ち、頭の中まで攪拌《かくはん》されるかの如く意識が酩酊《めいてい》し始めた。

「ああっ……ぁああ、そ、そこ……」

一定の感覚で膣の奥、子宮口を叩かれる。

一気に蜜襞を擦られる感覚が愉悦となりルーリエを襲う。

「ベルナール……さま、奥……、だめ……ああっ、もう……」

体の内部から作り替えられる感覚に犯され、自分の中で溜めこんだ快楽が大きく膨らむ。

これがもうすぐ弾け飛ぶ。その先に待つ一層強い悦楽を無意識に求め、いつの間にかルーリエ自身体を揺らしていた。

「ルーリエ一度一緒に……」

ベルナールの抽挿が速まった。彼の表情が一層険しくなる。

腰を深く抱え込まれ、より一層強く中を穿たれれば、ひとたまりもなかった。

膨れ上がった何かが一気に体内を駆け上がる。

「あああ、きちゃ……もぅ、きちゃう……」

がくがくと体が震えた。内側から沸き起こる猛烈な奔流に抗えない。

ルーリエを高みに導くかのような激しい律動に、内側に溜め込んでいたものが決壊した。

一度大きく体を反らし、びくつかせたルーリエの高い声が天井に吸い込まれた。

それと同時に体内に熱いものがほとばしった。

彼も達したのだと、本能で感じ取る。この中に、彼の子種が……。そう思えば無意識に口元が緩んでいた。

彼の精を受け止めることができるのは世界でただ一人、ルーリエだけだ。

ベルナールにも負けないくらいの独占欲を自分も有している。

浮いていた腰が敷布に下ろされたルーリエはぼんやりとした状態で荒い呼吸を繰り返す。

「ルーリエ愛している」

ベルナールによってぴたりと抱きしめられた。

彼と抱きしめ合うようになって、素肌で触れ合うことの心地良さを知った。

ルーリエは彼の背中に腕を回し、甘える猫のようにその胸に頬を摺《す》り寄せる。

「温かいの、久しぶり」

「一人寝は寂しくなかった？」

やや拗《す》ねたような声に聞こえたのは、もしかしたら先ほど睡眠欲に負けかけたルーリエを引きずっているのかもしれない。などと思うのは自惚《うぬぼ》れだろうか。

「寂しかったですよ」

そっと囁けば、彼が満足そうに瞳を細めた。

「だって、ベルナール様の温かさを知ってしまいましたもの」

「私もとても寂しかった。いつの間にか、あなたを抱いて眠らないと熟睡できない体になってしまっていた」

「まあ……」

それはさすがに言いすぎだろうと思うルーリエの唇をベルナールが塞いだ。

するりと入り込んだベルナールの舌に口蓋の内側を舐められる。

舌同士を合わせ絡めれば一度緩まった快楽が再び体の中で息吹《いぶ》き始める。

「んぁ……ふぅ……」

舌先を擦られたルーリエは湧き起こった快感を逃がすように腰を引くが、しっかり抱き込まれているためそれもかなわない。

それに……、もしかしなくてもベルナールの半身が未だにルーリエの中に埋まっているのでは。と意識がそちらに向いた途端、蜜襞がどくどくと脈打つ彼の剛直の存在を感じ取る。

「ん……」

あっという間に質量を増したそれの脈動に呼応するようにルーリエは体を揺らした。

「はぁ……あっ……ん、ベルナール様、硬く……なって」

くちゅ、と舌で擦られる合間に訴える。

「久しぶりにあなたを抱くんだ。一度で終われるはずがないだろう?」

「それは……」

かあ……と頬が熱くなった。確かにこれまでも一度で済んだことはなかった。

ベルナールがルーリエの背に腕を回したまま起き上がる。彼の屹立を体内に埋めた状態で向かい合わせで寝台の上に座ったため、自重によって子宮口を押し上げる。

背中を反らしたルーリエを支えつつ、ベルナールが乳房に吸いついた。

片方を二本の指で挟みつつ扱《しご》き、もう一方を舌を使って丁寧に舐め上げる。埋められた屹立の脈動で腰が震える。僅かな動きですら、新しい愉悦となってルーリエを襲う。

上も下も快楽に犯されればあとは堕《お》ちていくしかない。

ベルナールの吐息が双丘の柔肌を撫《な》で上げる。乳輪に添い舐められ、乳嘴がぷくりと勃ち上がった。

舌先で突かれ、甘噛みされるたびに体の内側がひくひくと蠢いた。

小刻みに愉悦を刻まれたルーリエはたまらなくなって体を動かす。

「あ……もっと……」

「もっと、どうしてほしい？」

気がつけば、自分から強請《ねだ》るような物言いをしていた。

でも、先ほど与えられた体の内側を突き破るような荒い愉悦に比べると、今のこれは何とももどかしくて。

それがベルナールの手の内だと何となく理解しているのに、ルーリエは彼の策に嵌《はま》り自分から欲しいと口にする。

「気持ちよくなりたい……」

「どこが気持ち良くなりたいんだ？」

「ん……、胸と……ナカ……」

ルーリエは自分の臍《へそ》の辺りを手のひらでさする。

この中にベルナールの屹立が埋まっている。存在を主張して余る圧迫感をこの身に受けているのに、それ以上のものが得られない。そのことにもどかしさを覚える。

「この中に埋まっている私のものに、あなたはどうされたいんだ？」

ベルナールの指先がルーリエの頬を辿る。首筋、鎖骨、それから腹を滑り落ち、結合部分の少し上、花芽を刺激され、ルーリエは喉を反らした。

「あああっ……」

緩く前後に揺らされ、くちゅくちゅと花芽を弄ばれたルーリエは新たな愉悦にすすり啼く。

ちゃんと口にしないと欲しいものを与えてもらえない。

「ルーリエ」

吐息交じりに名を呼ばれる。物欲しそうな色を宿したそれがルーリエの全身を駆け巡る。

彼に求められることに体が喜び、中がさらに収斂《しゅうれん》する。

「ん、ぁあ……、もっと奥に刺激が欲し……」

最後まで言う前に、ずんっ、と上に突き上げられた。

さらにもう一度。

ベルナールがルーリエの腰を両手で持ち、上下に動かす。衣服を身に纏っている時はまるで分からないが、引き締まった体躯を持つ彼は想像以上に力持ちだ。

ルーリエは願いの通り悦楽を刻まれる。

限界までそそり立った彼の剛直がルーリエの子宮口を何度も押し上げる。

そのたびに乳房がふるりと揺れ、ベルナールが噛みつくように口に含む。

もう何が何だか分からない。頭の中が真っ白な快楽に染められ、与えられるものを受け止めるだけで精一杯だった。

激しさを増す愉悦に理性が擦り切れる。

「あっ……ああっ……気持ち、イイ……あっ……また、きちゃ……」

「何度でも達して」

ベルナールの声から余裕がなくなっていく。

「私のものを欲しがって、気持ち良くなるルーリエは本当に愛らしい……」

だめ押しとばかりに激しく突き挿された。

もう限界。また体の内側から弾け飛ぶ。

先ほどと同じように意識を白く染め上げたルーリエはベルナールの上で高みに上った。

さらにこのあとベルナールは体位を変え、ルーリエを余すところなく抱いた。

意識を飛ばしても彼はルーリエの中から出てはいかずに、空が白み始める頃になっても離してくれなかった。

（も、もっと体力づくり……頑張らないと……）

光のいとし子としての役目は半減以下、ほぼなくなったけれど、独占欲と性欲が旺盛な旦那様の底知らずな体力についていくためにも、一層体力づくりに励まなければ。

体を揺らされる合間にそんなことが頭をよぎった。

その翌日、まだ足りないとばかりにベルナールはルーリエを離そうとしなかった。

抱き上げられ連れて来られた浴室で一緒に湯に浸かり、そこでも彼の手のひらが怪しげにルーリエの肌を這う。

「ベルナール様？」

ささやかな牽制を込めて名を呼べば、にこりと彼が微笑んだ。

「昨日結婚式を挙げた私たちは、今が蜜月の真っただ中だ」

「ええと……、一応わたしたちはすでに夫婦になって数か月……。蜜月と宣言するには今更な気がしなくもないのですが」

正真正銘の蜜月期間、ルーリエは衰弱症で寝台から抜け出せなかったけれど。

「ルーリエ」

低い声で呼ばれた。艶めく色を乗せたそれに背中がぞくりと粟立った。

どうしよう。旦那様の色気が朝からだだ洩《も》れだ。

「……はい」

ルーリエは恐る恐る返事をした。

「どうして私があなたとの別室に甘んじたと思う？」

「……夫婦とはいえ、結婚式を挙げることになったので、一応けじめをつけるため……ですよね？」

「結婚式翌日から四日間、あなたを独占する権利との交換条件だ」

きっぱりと告げられた内容はもちろん初耳だった。

「へ？」

思わずへんな声が漏れたのも仕方がない。

「今日から四日間、宮殿の奥にこもってたっぷりいちゃいちゃしよう。大丈夫、この期間必要最低限しか誰も訪れない。両親も客人も全てシャットアウトだ」

「ええっ⁉」

にこりと上機嫌に宣言され、やっぱり口から素っ頓狂な声が零れた。

「久しぶりにあなたを独占できる」

ベルナールの体の上に抱え込まれたルーリエは唇を塞がれた。

湯の中で彼の指がルーリエの秘所を探り上げ、秘裂をさすった。水の中で動く指から逃れようと反射的に腰を引かせれば、「いけない子だ」とばかりに舌を擦られた。

口付けに没頭させられている間にベルナールの指が秘裂を割り割き、ずぷりと中へ侵入する。

昨日たっぷり愛でられた蜜襞は異物をあっさり受け入れ、数時間前の悦楽を思い出すかのように蠢いた。

（体の方が素直に反応しちゃ……）

水とは違う、ぬるりとした体液が自分の両足の付け根から零れるのを自覚する。

「ルーリエ」

この声に弱いのだ。

耳元で、欲しいと欲を絡ませた声で名を呼ばれると、先に体の方が彼を受け入れるために弛緩する。

ああ、自分もすっかり彼なしではいられない体に変わってしまった。

先ほどから存在を主張する彼の剛直が太腿に当たり、それだけで自分の体から愛液が溢れるのを自覚しているのだから。

指では満足できない。もっと太くて長いものに中を埋めてもらいたい。

昨日散々喘いだのに、まだ欲しいと思うだなんて。でも、高まった体は自力では静まりそうもない。

女の欲を宿した瞳を映すベルナールの目が獰猛に煌めいた。

「あなたから中に入れてほしい」

「ん……」

足を開き、湯の中でもはっきり分かるほど熱くそそり勃つベルナールの剛直にそっと手を添え、腰を落とした。どこか空虚だった自分の中が満たされることが嬉しくてため息を吐いた。

ゆるゆると腰を前後に動かすたびにぴちゃぴちゃと浴槽から湯が跳ねる。

明るい室内でルーリエが乱れる様をベルナールに視姦され、そのせいでさらにきゅっと蜜道が締まった。

まだ足りないと、一度ルーリエの中から出ていったベルナールによって体の向きを変えられ、浴槽の中で膝を立てる。

浴槽の淵《ふち》に両手をつき、臀部を彼に突き出した状態のまま、後ろからベルナールに挿し貫かれた。

「ああ……あっ……」

ずぷずぷと埋まる感触は通常位とは擦られる場所が違う。

「この体位は初めてだな。いつもよりも感じているのか？」

「あっ……ああ」

ルーリエは声にならない声で応じた。

その反応から、大よそのことを悟ったベルナールが律動し始める。

後ろからでは彼がどのタイミングで腰を引くのか分からない。

来ると思った時ではなくて、少々油断した時に最奥に剛直を押し込められる。何度も繰り返し行われ、腰が砕けそうになった。

特に一か所感度の良い場所があり、そこを擦られるたびに嬌声が浴室に響いた。

「ベル、ナールさま……そ、そこばかり……あぁ、だ、だめ……」

「ここが一番気持ちよくなれる場所だろう？」

「んっ、だ、だから……だめなの……ま、また、きちゃ……ぅ」

「何度も達して構わない。今日も明日も、何の予定もないのだから」

「ああ、イッちゃ……あああ」

頭の奥で火花が散り、先ほどから何度目かになる絶頂に襲われる。

がくがくと体が震えた。崩れ落ちそうになるたびにベルナールに支えられ、律動が再開される。

「ルーリエ、愛している」

ベルナールがうわ言のように愛を囁く。

まだ足りないとばかりに剛直を埋め込まれ、絶頂の余韻に浸る間もなく、体を高みに上げられる。

「ベルナールさま……、もぉ、だめ……」

何度訴えても離してくれない。

「もっと、もっと欲しがってくれ」

「あっ……あああっ、これ以上は……おか、しく、なっちゃう……」

苦しいほどの悦楽を刻まれ、ここがどこだかも意識から抜け落ちていた。

「おかしくなってくれ」

再び後ろから一気に突き挿され、大きく震えた。

悲鳴のような嬌声に被さるように「ルーリエ」と呼ばれる。

浴室から出た後も寝台の上から出してはもらえず、ルーリエは気がおかしくのでは思うほど、ベルナールに抱き潰された。

ベルナールの宣言通り、ルーリエはその後四日間部屋から出してもらえなかった。

朝も昼も夜もずっとベルナールの側にいて。数えきれないほどに身を繋げた。

重たいほどの愛情を体に刻み込まれ、体中の至る所に施された独占欲の塊とも言える鬱血痕に、侍女長が「しばらくの間夜会は開けませんね」と零すほどだった。


そうして月日は流れ――。

執務の合間、三十分ほど空き時間を作ったベルナールは庭園へと向かった。

彩月の爽やかな空の下を歩いていると、風が楽しげな声を届ける。

「あ、おとうさま～」

「おとうさま～」

舌足らずな二重奏ののち、膝のあたりにどんっと二つの塊がぶつかる。

双子の娘たちだ。二人共ルーリエ譲りの淡い薔薇色の髪である。

「おかあさまとお花をつんでいたの」

「わたしたちと同じ色のお花なの」

「あとね、たいりょくづくりもしていたんだよ」

「あのね、たいりょくは健康にいいんだよ」

二人は競うようにベルナールに話しかける。三歳になる娘たちは何をするにも全力だ。

「じゃあお母様のところまで父様と競争だ」

走るポーズを取ると、娘たちは嬉しそうにぴょんぴょん飛び跳ねる。

「おとうさまには負けないもん」

「負けないよ～」

二人はきゃぁぁ～、と楽しそうに笑いながらぴゅっと駆け出した。

「こら。抜け駆けはずるいぞ」

大人であるベルナールが本気を出せば娘二人に勝てるのだが、そこは三歳児に速さに合わせ、三人同時にゴールするように調整する。

「わあい。おとうさまに勝った～」

「勝った～」

両手を上げて全身で喜びを表現する元気いっぱいな娘たちを柔らかな笑顔で迎え入れるのは妻のルーリエだ。

宮殿の奥、王太子夫妻気に入りの庭園では毎日のように賑やかなひと時が繰り広げられているのだった。

あとがき

ガブリエラブックスさんではじめまして、月宮アリスと申します。

『婚約破棄された崖っぷち令嬢ですが、私を押し付けられた公爵閣下の溺愛が始まりました』をお手に取ってくださり、ありがとうございます。

ガブリエラブックスさんから執筆のお誘いをいただいたのが二〇二二年が始まって少し経った頃のことで、あれから一年と数か月、こうしてあとがきを書いているのがとても感慨深いです。

執筆開始までお時間が空いたにも関わらず、待っていてくださった担当様には感謝しかありません。

本当にありがとうございます。

ここからは本編ネタバレを含みますので、未読の方はご注意ください。

今作は、前日の疲れがリセットされるほど目覚めが快調だと、ポジティブ全開になるよね、と朝の通勤電車の中でふと思い浮かんだのがきっかけで爆誕しました。

死にかけな状態から回復したことによってポジティブシンキングになったルーリエを書くのがとても楽しかったです。食欲があることはいいことですよね！

もう一人、ヒーローのベルナールを押さえてお気に入りはボーバル夫人です。

今年のレースが中断になってしまい、連続優勝記録が途絶えてしまいました。悔しい思いをしたはずなので、来年に向けてトレーニングに励んでいることでしょう。

ちなみにルーリエもひそかにレースに出場したいなあと考えていて、だったら宮殿で開催してしまえばいいのでは？　と、翌年行動に移します。

当初、初回限定版のＳＳネタとして考えていたのですが、フライパン片手に爆走するルーリエ……、ベルナールの出番がないなと思いセルフ没にしました。

今回イラストを担当くださったのは池上紗京先生です。美男美女なベルナールとルーリエを描いていただきました！　キャラクターラフをいただいた段階で表情筋が緩みまくり、ラフ画を眺めながらずぅぅっとにまにましていました。

担当様、編集部の皆様、校正様、流通に携わってくださる全ての皆様、そして応援くださる読者の皆様。

いつも本当にありがとうございます。皆様のおかげで作家を続けることができています。

またいつか、お会いできることを願って。

月宮アリス

ガブリエラブックスをお買い上げいただきありがとうございます。
月宮アリス先生・池上紗京先生へのファンレターはこちらへお送りください。

〒110-0016　東京都台東区台東4-27-5（株）メディアソフト
ガブリエラブックス編集部気付　月宮アリス先生／池上紗京先生 宛

gabriella books

MGB-097

婚約破棄された崖っぷち令嬢ですが、私を押し付けられた公爵閣下の溺愛が始まりました

2023年9月15日 第1刷発行

著　者　月宮《つきみや》アリス

装　画　池上《いけがみ》紗京《さきょう》

発行人　日向晶

発　行　株式会社メディアソフト
〒110-0016
東京都台東区台東4-27-5
TEL：03-5688-7559　FAX：03-5688-3512
https://www.media-soft.biz/

発　売　株式会社三交社
〒110-0015
東京都台東区東上野1-7-15
ヒューリック東上野一丁目ビル３階
TEL：03-5826-4424　FAX：03-5826-4425
https://www.sanko-sha.com/

印　刷　中央精版印刷株式会社

フォーマットデザイン　小石川ふに（deconeco）

装　丁　吉野知栄（CoCo.Design）

ISBN 978-4-8155-4323-5